# MONOCONTOS:
## HISTÓRIAS PARA LER E ENCENAR

ELISIO LOPES JR.

# MONOCONTOS:
## HISTÓRIAS PARA LER E ENCENAR

Todos os direitos desta edição reservados à
Malê Editora e Produtora Cultural Ltda.
Direção: Vagner Amaro & Francisco Jorge

Monocontos: histórias para ler e encenar
ISBN: 978-65-87746-42-5
Capa: Renata Mota e Igor Liberato
Diagramação: Maristela Meneghetti
Edição: Vagner Amaro
Revisão: Cristina Cunha

Texto revisado segundo o novo Acordo Ortográfico da Língua Portuguesa.
Proibida a reprodução, no todo, ou em parte, através de quaisquer meios.

Dados internacionais de catalogação na publicação (CIP)
Vagner Amaro – Bibliotecário - CRB-7/5224

---

L864m  Lopes Jr, Elisio
        Monocontos: histórias para ler e encenar / Elisio Lopes Jr.
Rio de Janeiro: Malê, 2021.
228 p.; 21 cm.
ISBN 978-65-87746-42-5

    1.1.    Conto brasileiro 2. Teatro brasileiro
                                        CDD – B869.301

---

Índice para catálogo sistemático: Conto: Literatura brasileira B869.301

2021
Editora Malê
Rua do Acre, 83, sala 202, Centro, Rio de Janeiro, RJ
contato@editoramale.com.br
www.editoramale.com.br

# APRESENTAÇÃO

Uma cena é um conto, só que escrita na primeira pessoa. Nos livros, assim como nos palcos, é preciso encontrar a beleza das palavras antes de compreendê-las. O belo não tem explicação, mas tem sentido: sentimento.

Um texto bonito nem sempre é um bom texto para cena. Um texto bonito pode ser apenas bonito para ser lido, e isso não diminui seu encanto. Foi exatamente desta certeza que nasceu este livro.

Sou um autor parido no palco e tenho verdadeira paixão pelo ofício dos atores, e sua capacidade de viver o aqui e o agora diariamente. Ao mesmo tempo, sempre gostei de contos, onde o leitor pode se sentir participante da história, na pele do personagem.

Este livro quase todo resulta da reunião de monólogos de diversos estilos, linguagens, tamanhos e estéticas. Alguns, escrevi dentro de peças já encenadas, outros foram encomendas para eventos, e muitos deles são personagens revoltos, que pularam da minha imaginação e, por pura insubordinação, não se encaixam em nenhuma trama. São libertos de qualquer narrativa mais complexa. Esses são os mais terríveis!

Os capítulos deste livro, na verdade, são Atos desse passeio ficcional, e dois deles se destacam porque juntam criaturas únicas: um é uma peça inédita: "Quem tá no inferno abraça o Diabo"; o outro, "Cenas Hospitalares", é composto por trechos da construção dramatúrgica que fiz para o espetáculo "Rota", junto com o grande ator baiano Urias Lima. Os personagens desses dois Atos já vieram ao mundo completamente aleatórios, respirando com dificuldade, mas, mesmo podendo sobreviver sem a ajuda de aparelhos, resolvi uni-los, misturando a solidão de um com a loucura do outro, para gerar novos sentidos e sentimentos. Nos outros Atos, a cada página você conhecerá um novo personagem, que vem carregando seu universo de desejos num curto recorte de vida. Alguns existem no mundo real, outros são inventados, e há os que existem, mas foram reinventados.

Este livro é, enfim, um passeio criativo por textos desnorteados, leves, fugidios e intensos. É possível esbarrar em monólogos, peças inteiras, ou ainda em singelas frases disfarçadas tentando seduzir o leitor-ator. Uma coletânea de seres da cena.

Dedico este trabalho a todos os atores que já me deram o prazer e a honra de vestir um personagem meu. Também para aqueles que ainda o farão. O ator é tecido no desejo de emocionar, e o autor sonha em fazer parte dessa costura, ser a linha, ser o bordado. Ao escrever uma peça ou um roteiro de TV ou Cinema, meu primeiro público é o ator. Eu quero muito propiciar a ele múltiplas possibilidades de emocionar o outro, de fazer rirem ou pensarem seus futuros espectadores. O monólogo é uma troca direta entre quem escuta e quem executa. Por isso, os textos deste livro são desafios que servem de ferramenta aos nobres gladiadores da ribalta em suas aventuras vulgares pela arte. Mas também é um convite aos não atores, para que troquem de pele e se deixem levar pela imaginação dos seres ficcionais desses monocontos.

Por fim, um pedido: Leia em voz alta! A partir de agora, cada página é uma nova chance de fazer de você outra pessoa, e fico no desejo de que você sinta, pelo menos por alguns instantes, a eletricidade alucinante da luz de um refletor queimando a sua pele.

Merda!

# PREFÁCIO

Fazer um prefácio, apresentar uma autora, um autor... não é difícil. É só captar, ao máximo, a arte do livro e escrever de forma simples e, se possível, poética, no mesmo tom da poesia que o livro contém. É quase uma parceria. Melhor ainda se associarmos o trabalho a um clássico, a uma pessoa consagrada, de modo a explicar melhor a narrativa, para a leitora e o leitor terem uma prévia daquilo que vão ler.

Mas este livro do Elísio me exigiu um esforço imenso. Não sabia realmente o que escrever para traduzir em uma lauda o que senti com a leitura. Comecei vários textos e joguei fora, apaguei, mandei para a lixeira, que está cheia de escritos mal traçados sobre tudo que eu queria dizer dessa obra. Por fim, escrevi sem ter a certeza de que fiz o melhor para retratar esse primor que chega a suas mãos.

Então, para definir este livro, cito todos os clássicos, todas as obras de arte, porque a prosa de Elísio é uma das melhores que já li em minha vida, e tenho a certeza de que todas as pessoas que a lerem vão sentir o que eu estou sentindo.

A narrativa, sempre em primeira pessoa, mistura poesia, roteiro, argumento, sinopse, peça, romance, conto, crônica, letra de música, artes plásticas, desfile de escola de samba, de blocos, todas as artes...

de forma brilhante, colocando o leitor como um deus que sabe de todos os passos da humanidade.

As personagens históricas vivas, mortas, das cenas pretas ou não, somos todos nós, em todos os tempos, de todas as formas pelas quais o ser humano pode se apresentar para termos total sapiência em cada ato, em cada fala, em cada proceder por toda a vida.

Tenho a certeza de que, depois de três dias de leitura, me tornei uma pessoa mais lúcida, mais inteligente, mais humana. Uma pessoa melhor, pois peguei as metáforas do texto para iluminar mais a vida, para me entender mais, para entender mais os outros e as outras.

O livro de Elísio é a arte toda em sua plenitude. É um foco de razão misturada com luz na humanidade.

**Paulo Lins**
*Romancista, roteirista, poeta e professor.*

# SUMÁRIO

ATO FALHO – CENAS DELES: PALAVRAS DE UM VELÓRIO E OUTROS TEMAS ............15
PSICANALISADO ............17
CINÉFILO ............19
SENSUAL POR ACIDENTE ............22
POETA EMBRIAGADO ............24
ESCRITOR ............25
IMPACIENTE ............26
PADRE HONESTO ............27
ATOR CULPADO PELA POESIA ............29
O RÉU ............31
SÁBIO CAIPIRA ............33
SOUVENIR ............34
JOSÉ BENICIO ............36
JÚPITER ............38
ETERNO BÁRBARO ............40
MISE-EN-SCÈNICO ............42
DIVORCIADO PONDERADO ............43
SÁDICO I ............45
SÁDICO II ............46

ÉBRIO PENSADOR ..................47
COVEIRO DE ILUSÕES ..................48
CINÉFILO MASOQUISTA ..................50
APRENDIZ DE HOMEM ..................51
VELHO AMIGO ..................52
ESTRELA DO ROCK ..................54
CORDELISTA ..................55
ALCOOLIZADO NA MADRUGADA ..................56
LAMENTADOR PORNOGRÁFICO ..................57
VENDEDOR DE OURO ..................58
VELHO DA CALÇADA ..................59
ZÉ DA QUEBRADA ..................60
ARNALDO ..................62
LÍVIO ..................64
GIOVANNI ..................65
ARNALDO ..................67
LEOPOLDO ..................68
MARIDO ..................69
AUGUSTO ..................70

ATO DE PRESENÇA – CENAS DELAS: A DOR DO MEU AMOR E OUTROS ASSUNTOS ..................73

MULHER DE RUGAS ..................75
MÃE DO MUNDO ..................77
JOANA ..................79
SABRINA ..................81
A VELHA DA ESTAÇÃO I ..................83
A JOVEM SENHORA ..................84
LILI ..................86
SOFRÔNIA ..................88

MÃE ............89
VEDETE NA JANELA ............91
VEDETE NO ESCURO ............93
TEREZINHA DO CHACRINHA I ............94
TEREZINHA DO CHACRINHA II ............96
TEREZINHA DO CHACRINHA III ............98
SOLTEIRA SEM CONVICÇÃO ............101
ISAURINHA GARCIA ............103
ARACY DE ALMEIDA ............104
DALVA DE OLIVEIRA ............106
MAYSA ............108
ELIZETH CARDOSO ............109
CACILDA ............110
MULHER PRA CASAR ............112
SHEILA ............114
DARLENE PEREIRA ............115
JULIA ............117
CANTORA ESCANDALOSA ............119
SENHORA ............120
CONTADORA DE ESTÓRIAS ............122
PROFESSORA CATASTRÓFICA ............123
ELZA ............125
SINHÁ ............126
MAL-AMADA ............128
MARLENE, A RODRIGUEANA ............129
ROSA DO MORRO ............132

ATO DE FALA – CENAS PRETAS: E A VOZ QUE ECOA DO MEU GRITO ............135

GRIÔ ............137

| | |
|---|---|
| FEITICEIRA | 139 |
| NANÁ | 141 |
| BRASILEIRO | 143 |
| NELSON MANDELA | 144 |
| NZINGA | 145 |
| DANDARA DOS PALMARES | 147 |
| CANDACE | 149 |
| NOIVA AFRICANA | 151 |
| TIA TEREZA | 153 |
| TEREZA DE BENGUELA | 155 |
| LUIZA MAHIN | 157 |
| MILTON SANTOS | 159 |
| DONA IVONE LARA | 161 |
| YVONNE DA COSTA | 163 |
| RAINHA DOS RASGOS | 165 |
| MOLEQUINHO | 167 |
| ATO SOLENE – CENAS HOSPITALARES: E A CERIMÔNIA PARA DIZER ADEUS A SI MESMO. | 169 |
| HOMEM SIMPLES | 171 |
| ENFERMEIRA I | 177 |
| ATOR | 180 |
| ENFERMEIRA II | 184 |
| BANCÁRIO | 186 |
| ATO CONTÍNUO – CENAS ENTRELAÇADAS: QUEM TÁ NO INFERNO ABRAÇA O DIABO! | 191 |
| PERSONAGENS: | 193 |
| CENA FINAL | 227 |

# ATO FALHO – CENAS DELES: PALAVRAS DE UM VELÓRIO E OUTROS TEMAS

*(Um senhor com um ramalhete de flores, diante de uma cova aberta.)*
*Os gerânios são muito caros, não posso comprá-los, amigo velho!*
*Então trago-lhe flores do campo, que custam mais barato.*

# PSICANALISADO

QUEM: Homem urbano, vestindo um suéter e uma calça social folgada, cor de gelo.

STATUS: Liquidificador interno.

*(Entra no consultório do terapeuta sem dar uma palavra. Coloca sua pasta no chão, tira os sapatos executivos que lhe apertavam os pés, olha para a cadeira, vai até ela e se senta com cautela. Folga o nó da gravata e observa o terapeuta por alguns instantes. Depois, dispara a falar com certa histeria.)*

Eu juro que um dia eu hei de me encontrar. Nesse dia eu coloco a boca no trombone, assassino os analistas, taco pedra na Bíblia. *(Pausa. Respira. Muda o tom, agora amável.)*

Eu prometo que, se um dia eu me encontrar, danço valsa descalço, rasgo dinheiro na praça, como carne na Sexta-feira Santa. *(Nova pausa, confuso. Segue levemente equilibrado.)*

Tomara que um dia eu me encontre, e aí eu não precise mais ter um cachorro fedorento... É, você bem sabe que Aníbal fede! Fede mesmo! Muito! Ele adora chuva. E pelo de cachorro molhado é referência de mau cheiro. O senhor sabe, não sabe?

Eu não quero mais pagar a conta dos meus amigos, nem beijar na boca de quem eu não amo. Não vou amar nunca: pronto. O senhor já sentiu isso durante um beijo? Sentiu que é incapaz de amar aquela pessoa que está beijando? *(Pausa na espera de resposta.)* É muito ruim! *(Surpreendentemente suave:)* Eu acho que, se um dia eu não for mais triste... Se eu for ao contrário, assim como um quadro de Van Gogh, com tintas fortes e todo deformado... Se um dia eu for assim, eu juro que laço uma metáfora libertina, monto nela, sem sela, e, sei lá... fujo cavalgando como um louco, pra bem longe de mim. Ah! E deixo todo mundo pra trás: o inquilino, o filho, o amigo, o juízo... Levo comigo só o amante e o cego. Nem me olhe como se eu estivesse partindo e deixando uns pedaços de mim. Até de mim eu sou capaz de não sentir falta! *(Pausa.)*

Eu vim decidido a pedir alta, sabe? Verdade! Sabe por quê? Eu entendi que, se um dia eu não for mais triste, já terei esquecido tudo. Eu vou andar pela rua e irão me apontar e comentar: Quem é esse aí que é tão feliz? E eu vou ser, mesmo, sabia? Tão feliz!

*(Honestamente emocionado:)* Eu serei tão feliz que poderei me chamar João, Francisco, Carlos... Não vai fazer a menor diferença, porque eu vou... eu vou Ser.

*(Profundamente inseguro e preocupado:)* Será que é loucura? É? Tomara! *(Explode numa gargalhada que vai morrendo por falta de cumplicidade. Levanta, pega sua mala.)* Até semana que vem. Né? *(Sai do consultório.)*

# CINÉFILO

QUEM: Homem de 40 anos, frágil e tímido. Veste calça social e camisa polo.

STATUS: Varal sem vento.

(Sentado num banco de praça, ele observa a vida de todos ao redor e comenta. Fala e observa obsessivamente as pessoas que passam.) Ninguém cruza o olhar com o meu. Ninguém sente nada? Sem resposta!

Essa arquitetura moderna me dá vontade de golfar! Um colorido tão geometricamente calculado. Não tem nenhum sentido! Desta praça, a vista é entediante. Ainda bem que tem a vida dos outros!

Lá do outro lado tem aquelas duas amigas comendo pizza... Tão falando bobagem, aposto! Uma comeu três fatias, a outra só comeu uma. A das três fatias com certeza tá falando do marido! Oh! Né? Três fatias? E aquela mãe arrastando o filho. Ele tá chorando, não tá vendo, louca? Tenho vontade de bater nos dois. Nela porque tá puxando ele, e nele porque tá chorando. Tem dia que a vida dos outros é muito difícil. Tenho paciência, não! (Levanta-se para ir embora. Desiste.)

Hoje eu queria mesmo era ir ao cinema ver um filme bem triste. Mas o escuro me deprime! Quem tem que me deprimir é o filme, não a sala escura. Antes mesmo do filme começar eu já estou em lágrimas! E melhoro vendo os vietnamitas explodindo. Olha lá aquele coroa, disfarçando que pintou o cabelo! Como se um velho desses pudesse ter uma cabeleira dessas... Preta, preta, preta brilhando. Patético hein? (grita) Num gostei não, viu? Alguém tem que dizer a ele que esse cabelo é artificial! Parece um playmobil. Adorava o playmobil. Hoje não vejo mais graça. Não tem mais aquele cabelo cortado com um monte de triângulos na ponta. Sempre quis que meu cabelo fosse igual ao do playmobil. Traumas de infância! Acho que o mundo era muito melhor quando eu era criança, antes do celular. Hoje em dia tanto faz se eu estiver vestido ou pelado... Ninguém olha pra sua cara. E a culpa é toda dele! Do celular. Eu odeio o meu celular! Quando ele toca, e quando não toca também. Ainda bem que ele quase não toca. Não preciso ficar alternando de ódio de um lado para o outro. É um ódio só. Odeio porque ele não toca e pronto. Há um tempo que vem crescendo em mim uma vontade horrível de ser Pokemon! Pra ver se alguém me encontra! Ou pelo menos me procura. *(Uma senhora passa com um cachorro.)* Ei! Tudo bom, senhora! *(Faz uma careta pela reação da senhora.)* Perguntei do cachorro, não da senhora... Grossa! Olha aqui! Presta bem atenção: Vamos desligar todas as máquinas para enxergar melhor a dor. Elas machucam nosso crânio e nos dão prazer. Sabia? Por isso vicia. São elas que podem fazer chorar. E sem isso não tem graça. Tem que ver a lama no fundo do poço e se sentir pateta, diante da vida. Do que eu tô falando? É bom não poder fazer nada, contra o irremediável, e ver a onda destruindo o castelo das crianças na praia. Se afogar diante do que não tem "jeitinho" para solucionar. Maluco é a senhora! Vá embora! Vá mesmo! Isso aqui é vida real. Mas se bem que, olhando assim, direito, eu tenho a impressão de que alguém vai gritar: corta! A qualquer momento. E aí todo mundo vai se olhar e ser feliz! Hoje foi um dia de sol como outro qualquer. Sem nenhum motivo especial pra ser feliz. É fato!

Dia feliz é dia de casamento de viúva! É o dia em que as duas coisas que eu mais gosto nessa vida se encontram: o sol e a chuva. Ó vida dos outros que não passa! Eu me divirto nesta praça, com esse povo... Ah, gente engraçada! É muito melhor que cinema!

A vida só dá tesão quando vem assim, molhada de chuva pra gente secar!

# SENSUAL POR ACIDENTE

QUEM: Homem de 45 anos, já meio decadente na forma física. Usa bermuda, camisa polo e mocassim.

STATUS: Com tesão por si mesmo.

*(A música está alta e ele está sozinho. Vê uma mulher gorda e deprimida sentada num canto do salão. Vai até ela com dois drinks nas mãos tentando uma aproximação sexual.)*

Lembra de mim? Daquela noite... Naquela festa... Com aquele pessoal... Não lembra? *(Pausa com sorriso divertido.)*

Em janeiro? Ou foi em março? Com aquela música... Como é que era mesmo? Naquele lugar...

Eu fiz... aquilo e todo mundo riu. Não lembra? *(Pausa distraída.)*

Você me disse umas coisas que eu até...Torcendo a boca? Disse sim!

Vestida de verde... Tirou o sapato... Era verde, não era? *(Pausa sem desarmar o sorriso idiota.)*

Vai dizer que não lembra? Daquele beijo... Deste corpo... Do meu "Eu te amo"...

Do seu arroto? Não me diga que não se lembra?!

*(Levemente irritado:)* E do meu nome, você lembra? Meu nome? Meu nome é, é... *(Pausa débil.)*

Vai dizer que não lembra de mim? Mas foi tão bom... Ou não foi? *(Pausa triste.)*

É, vai ver não foi tão bom assim.

*(Sorrindo, sensual:)* Ou foi?

*(Sem resposta, ele sai com os dois copos de bebida. Ouvimos ao longe mais uma tentativa.)*

Lembra de mim?

# POETA EMBRIAGADO

QUEM: Homem magro ao extremo, olhar fundo, pouco expressivo, voz potente.

STATUS: Ao modo "cachorro lambendo a boca".

*(Do alto de um chafariz, em plena madrugada, numa praça deserta.)*

Quem pode jurar que nunca viu um sol cor-de-rosa? Nunca pisou nas nuvens?

Nunca construiu castelo de vento?

Ai daquele que nunca tenha blasfemado a Deus, ou fumado, ou cheirado um delírio solo. É uma dor fina que dá no sorriso, é um mar, com unhas e dentes, tipo uma Coca ainda quente e sem gás.

É como um gozo solto, multiplicado, ampliado, fotografado e filmado nas nossas lentes. Um choro compulsivo de alegria ou uma maldade confessa às gargalhadas.

Mas é o gozo de gozar, de zombar de prazer, é a conversão dos olhos num colorido improvisado. Às vezes embaçado, outras vezes translúcido. Ora escapa, ora acaba, e a gente fica assim: sentado no meio-fio vendo os carros passarem rápidos, ou pálidos, ou gélidos... e sem olhar para o lado. Com a chuva na cabeça, a lama nas canelas e um cachorro lambendo a boca. E pior: Tudo em preto e branco!

# ESCRITOR

QUEM: Homem jovem que aparenta 70 anos. Tem uma expressão clownesca. É de uma tristeza feliz.

STATUS: Nos caracóis do próprio pensamento.

*(Sentado numa mesa, com papeis e uma caneta. Usa as mãos para ilustrar as imagens do texto, como se dialogasse com seus próprios pensamentos.)*

Um dia, o verso branco estrangulou a última palavra da rima final do meu enredo. O título ficou inconsolável e, com o coração doendo, resolveu se vingar. Mas o verso branco estrangulou também as outras metáforas, e... o que antes era um verso passou a ser uma verdade feia, amarga e sozinha no papel. Uma verdade sem rima e sem par. Olhando no papel, parecia um grito, mas era verso... sem rima e sem par... e o pior é que era para ser só um verso de amor, apenas um verso sem dente, sentado diante da janela, vendo o nascer do sol. *(Pausa.)* A vida não é boa. Ó dia a dia mais ou menos. Por que as coisas da vida seguem sempre essa desordem? Parece que está tudo fora do lugar, e arrumar a casa é inevitável! Primeiro a gente quer ter, depois a gente quer e ama e aí sofre... aí é querer, amar, querer amar e sofrer por amar e aí querer amar e sofrer porque ama. Então, exatamente por amar e não querer mais sofrer, a gente simplesmente deixa de amar e sofre mesmo assim. Sofre desta vez porque não ama. Eu sou assim. Eu sou um poeta sem fase, sem classificação literária. Tenho poesia no sangue.

# IMPACIENTE

QUEM: Homem jovem e impulsivo, veste calça jeans sem camisa.

STATUS: Tateia entre a brutalidade e a doçura.

*(De pé, no meio da rua, tenta chamar a atenção do ser amado, que o ignora.)*

Para cortar conversa: tô na esquina! Morou?

Vê se larga, desatina, vai embora da retina.

Vai, que o médico examina. Vai, que o filme é bom de ver. Mas vai!

Vê se vai, mas pra valer! Porque eu não suporto ler: Sua cara abatida, só na hora da partida. Joga fora a desculpa descabida e vê se não vem com aquelas frases-vaselina, porque eu continuo na esquina.

Pega a reta, pra valer!

Mas vê se pinta pra dizer se ainda há tinta nesse amor, mesmo assim meio sem cor, meio de banda, meio com dor.

Quero que vá, más não bata a porta, deixe entreaberta... Por favor!

Por favor, posso dizer uma coisa só? O tempo passou e eu não percebi você.... Não percebi que eu...

Não me dei conta que é sempre, o sempre era pra ser...

Mas às vezes é difícil dizer.

Me ajuda?

Sufoco minha vontade, ou confesso que ainda estou ... amando?

# PADRE HONESTO

QUEM: Vestido de batina, em trajes de casamento.

STATUS: Em surto de machismo.

*(No altar, diante de um casal de noivos e convidados.)*

Antes de começar esta cerimônia, eu queria pedir desculpas à virgem Maria, ao Santíssimo Sacramento... ao Papa, se ele quiser. Sinceramente: me desculpem! Eu nunca tive a intenção de ofender nem magoar ninguém. As mulheres aqui presentes se quiserem se retirar: podem sair. Os maridos fiquem. Afinal! Cada um que fez suas escolhas, que pague o preço por elas. Não é? Quem não tiver condição de pagar, que negocie a dívida em prestação, mas não vá se divorciar e repassar o seu problema pros outros. Divórcio não presta, não resolve o seu problema, e é capaz de criar um problema maior ainda para o próximo, colocando em dúvida o meu poder de diálogo com o divino. Casou, tá casado. Outro dia um desses maridos, que disseram sim ajoelhados pra mim, veio aqui se confessar: "Minha mulher destruiu a minha vida!" Eu respondi: "Qual é a novidade?" Aí foi o suficiente pro homem disparar a falar: "Padre! Soraia sempre foi uma mulher feia. E eu estava conformado. Mas, depois que casa, piora muito. Eu vou definir melhor pra ajudar os senhores a visualizarem a esposa do pobre fiel. Sabe feia? Como é que é uma mulher feia? (Pensa.) Claro que depende do ponto de vista, também, né? Depende do país onde ela nasceu, do pai e da mãe ... se o prejuízo estético é maior na cara, mas compensa nos... nos volumes glúteos. Ou se o corpo é aquele que não lida bem com a gravidade e tudo cai por todos os lados, mas o rostinho é fofo e o sorriso gracioso... Mas Soraia é o ebó. Que me perdoem os orixás, as entidades, o Preto véio, todo pessoal amigo que baixaram na encruzilhada, onde tudo de ruim se encontra com o que é bom. Quando eu vi a foto, fiquei chocado! Casei os dois, mas tem lembrança que a gente apaga da mente. Me mantive em silêncio. E o marido não poupou desabafos. "Na Soraia, tudo de pior está reunido. Sem nenhum exagero ou mágoas recentes, ela redunda na feiura e abusa da desproporcionalidade com uma desenvoltura assustadora. Se a pessoa está distraída, cruza com ela e dá aquela encarada, ou leva um susto ou pensa que é Carnaval. Na nossa lua de mel em Olinda, quase arrastaram ela da minha mão, pensando que era mamulengo... Sabe aqueles bonecões do Carnaval? A gente nem frequenta restaurante chinês pra não pensarem que ela é um daqueles dragões da decoração. Uma coisa difícil mesmo." Eu sou apenas um padre. Mas o que eu me pergunto é: mesmo tendo a inevitável consciência de que se está levando um problema pra casa, enrolado num pano branco com um arranjo de flor na cabeça: pra quê? Pra que o sujeito escolhe se entregar em sacrifício e casa? Depois corre pra se confessar? É pra tentar dividir a culpa comigo? Diante daquele marido, ali de joelhos no confessionário, desesperado por uma luz, eu não soube responder. Mandei ele rezar 40 Ave Marias e 80 Pais Nossos. O que mais estava ao meu alcance? Ao casar, vocês prometem amá-las e respeitá-las até o fim dos seus dias, em nome de Deus! E Deus cobra, viu? Cobra de vocês e de nós. Por isso resolvi mudar a liturgia: antes de casar, alerto aos noivos: "Casou? Problema é seu!" Em nome do pai, do filho e do Espírito santo. Amém.

# ATOR CULPADO PELA POESIA

QUEM: Homem de 30 anos. Um perfeito cavalheiro de um tempo que não é o hoje.

STATUS: Com a parcimônia de um culpado digno.

*(Em pé, diante de um tribunal que o observa com desdém.)*

Não confiem em mim, eu não mereço crédito algum. Em nenhuma situação, nenhuma circunstância, não me deem crédito. Faço dívidas, tão fácil como quem brinca, como uma criança idiota. As crianças são idiotas! Tenho medo, sou inseguro e creio em Deus: "Perdoai as nossas ofensas, assim como nós perdoamos a quem nos tem ofendido". Não perdoo, ou às vezes perdoo, mas não esqueço. Faço coisas boas, tenho pena dos pobres... principalmente de espírito. Mas nada disso me impede de fazer muito mal, de estraçalhar corações nos dentes, de apagar crepúsculos... Sempre me perco em poesia. Às vezes estou falando e me embolo nos meus próprios versos, já não tenho distinção da fronteira. Por isso não confiem em nada do que eu digo. Não tenho hora certa para enlouquecer! Mas hoje eu não quero nenhuma metáfora, nenhuma figura de pensamento ou palavra, quero minha língua assim: seca. Quero minha cara limpa. Sou um homem como outros, que não são na vida o que gostariam de ser, não são nada. Pior um pouco: não sou qualquer um, sou do tipo de homem que sabe definir tudo em palavras, sou racional, tenho as emoções controladas, tenho um bom pensamento. E isso me adianta de muito pouco. Vocês... vocês me olham... Tudo bem que vocês estejam aqui com o claro propósito de acreditar em qualquer coisa que eu diga e eu deveria enganá-los com prazer, afinal, fazemos isso o tempo inteiro. No que é que vocês acreditam? Aliás, do que é que vocês duvidam? Hein?! Não confiem em mim, por favor. Eu sou traiçoeiro, penso unicamente no meu bem-estar, na minha felicidade. Minhas amizades, meus amores, o sexo, tudo é só pra me satisfazer. E, se por acaso faço bem a alguém... paciência, não foi a minha intenção. Mas hoje, não sei por quê, resolvi alertá-los, talvez porque me sinta responsável por vocês, talvez porque esta seja a minha vida e vocês não façam parte dela, pelo menos até hoje. Não confiem em mim, não se emocionem comigo, não me critiquem, não me digam nada, não quero saber. O que eu sei já é bastante pro meu pensamento. Meu pensamento não descansa, ele não fica quieto. Vocês estão avisados, aliás não se deve confiar em mais ninguém neste mundo. Olhem pro lado, olhem mesmo, sem medo: *(pausa)* você confia em quem está do seu lado? *(Riso.)* Eu... Eu posso confiar em vocês?

# O RÉU

QUEM: Homem de meia idade, com pés e mãos acorrentados, vestido de farrapos.

STATUS: Confiante no erro grande.

*(Diante do seu batalhão de fuzilamento. Fala sem rancor e com dignidade.)*

Senhores, não é muito o que tenho a dizer. Sei bem que deste recinto não sairei vivo. Morto por vocês. Estou sendo julgado e não me isento de toda culpa. Sim, cometi um crime, um crime hediondo, vergonhoso, de fazer tremer a carne mais dura, de homens que somos. Acostumados a estupros, assassinatos, roubos e injustiças, esfolamentos, guerras... somos esses homens, e isso, sim, é um fato. Por isso, aqui, diante desta corte, entrego tudo que tenho: minha vergonha, meu orgulho, tudo. Em troca, peço apenas mais alguns instantes para que eu possa falar... falar, não, para que eu possa entender em mim mesmo o que é tão fato e tão verdade: que eu estou aqui esperando uma sentença. Espero de verdade que as minhas palavras sejam doces, não tragam mais dores ou mesmo incomodem a paz de vocês. Sou um pobre coitado que, em poucos minutos, não existirá mais para nenhum de vocês. Como se essa luz pudesse apagar e pronto, nada mais existe. *(Blackout.)* Mas eu estou aqui, estou aqui. *(Volta a luz.)* Juro, não espero clemência, piedade, nada. Seria pedir demais, sou culpado, nada menos que o fim é o que mereço e, se assim concluírem, estarão cobertos de razão. Mas o meu pensar não obedece a nenhuma razão e fica correndo aqui na minha cabeça, pisoteando meu cérebro como cavalo na raia, suando em meio à corrida, querendo erguer o pescoço para ver além. E eu não tenho como detê-lo. Peço perdão se minhas palavras não são claras, mas as perguntas também não dizem o que deveriam, é como se fôssemos todos escravos de uma surdez coletiva. Mas agora estou me sentindo pronto. Olhando assim para a cara de vocês, me sinto pronto pra ouvir. Acato humilde o meu caminho. Quero ouvir a morte.

# SÁBIO CAIPIRA

QUEM: Idoso do sertão, com olhar rude e parado, vestindo roupas cor de terra.

STATUS: Com o silêncio preso na garganta.

*(Sentado diante da TV, assiste ao Jornal Nacional sem áudio.)*

Gente é bicho ruim. É bicho de enfiá pé na lama...

De criá coisa mau por dentro das tripa. Gente de hoje é bicho de não valê nadinha de nada nessa vida.

Ê mundão velho, velho de turvá as vista. Quanto mais velho, mais breu. A vista parece que vai apagando pra gente num vê quase é nada.

Esse mundo é de fazê vortá, e segui pra riba, muito pra riba e pros canto, pras frente, e se arrevortá se batendo e rodopiando que nem serpente cabreira, no mermo lugá que tá, a vida inteirinha na paração.

Muda não, que piora, mundo! *(Ri.)*

Mundo é mundão de lascá as vista.

Mundo é viração, em quarqué que seje o lugá de se vivê.

Se arrevirá, piora.

Deixa tudo aí como tá! *(Ri.)*

# SOUVENIR

QUEM: Uma espécie de Geni, vestido com um traje de gala já desgastado.

STATUS: Sorri lantejoulas, mas exala perfume de tristeza.

*(No palco de um cabaré decadente, fala com uma plateia minguada e bêbada.)*

Boa noite senhoras, senhouras e senhores! Como todo bom artista brasileiro, hoje eu subo no palco com o rojão aceso na retaguarda! Sabe o que significa uma plateia lotada assim? Que amanhã a minha barriga estará do mesmo jeito... Cheia!

Somos daquele tipo de gente à moda antiga! Vivemos do que fazemos! Eu sou... Não importa quem eu sou. Já cortei esse país inteiro sob a lona de um circo, já rebolei nos cabarés da pauliceia desvairada, já animei plateia no Programa do Silvio Santos. Enfim! Como todo artista brasileiro, estou com o crediário da minha alma, atrasado, e o Diabo não gosta de esperar!

Então, podem me chamar de Souvenir, *the hostess!* E este aqui é o Cabaré dos Nossos Sonhos! Nesta casa, esta noite, só tem uma coisa proibida: não sonhar!

Às vezes eu não sonho, por que não durmo. Ou eu durmo, ou eu tenho medo. De vez em quando dá pra escolher, outras vezes a gente dá... pra esquecer. Quantas lembranças!

É uma honra receber uma plateia tão distinta! Uma plateia de gente tão fina! Falam alto, né?

Enquanto o mundo pega fogo lá fora, aqui dentro, no nosso palco as estrelas desta noite vão distrair os seus olhos e os seus corações machucados! Divirtam-se, queridos! Se puderem! O *show* de hoje foi preparado por um grupo de artistas de renome internacional: eu mesma! Contentem-se comigo. Vou cantar, vou sambar de mulata. Vocês gostam, não gostam? Cretinos!

Vai ter muito mimimi, sim, só tem mi, pra hoje. Mi: Souvenir. Ti: plateia. Tão engraçada!

Será uma noite gloriosa entre nós dois, cheia de ticaticabum!

Preciso avisá-los de que instalamos, por todo o nosso Cabaré, câmeras de segurança. Se alguém jogar qualquer latinha na de cá, vai ter!

Temos também detectores de tarados. Ao acioná-los durante a nossa função, vocês serão fulminados sem dó e seus dedos vão cair instantaneamente! Portanto libertem seus desejos, mas só no imaginário! Apaguem suas paranoias de estimação e se divirtam no Cabaré dos Nossos Sonhos!

# JOSÉ BENICIO

QUEM: Velho diretor de uma companhia mambembe de teatro, experiente e bonachão.

STATUS: Com medo de perder o seu elenco para a fome.

*(No meio da roda de atores.)*

Sonhador? Não! Nós somos da estrada, sim, eu sempre fui. Lá na capital nós seríamos apenas mais um grupinho com ânsia de saber se hoje haverá público suficiente para pagar ao menos a pauta, os custos. Somos da rua, sim, onde somos gente comum, e o nosso público é livre para ir e vir, sentar, sorrir, chorar. Somos mambembes, sim! Porque fico feliz com o sorriso da gente ignorante... a alegria dos "medíocres" não me interessa. Eu não me importo se o meu público não sabe ler ou escrever, a gente se olha no olho e a gente se vê gente, de carne e osso. Somos amadores, sim! Porque nada exigimos de ninguém, por nada. Aqui, paga quem quer.

O artista de rua é um valente. Ao pensar em nós, alguns podem imaginar alguém que não conseguiu um palco nobre, fama... Isso é um engano. Ao cruzar com um artista de rua, pense em alguém que foi ao seu encontro. Nós queremos que a arte faça parte da sua vida. Então, ao final da nossa função, nos aplauda. Aplauda a arte onde quer que ela apareça na sua vida.

Eu sei que ninguém é obrigado a pagar por nossa atuação, por estarmos uma hora suando e amando e sofrendo, para alimentar uma fantasia. Esta companhia é uma fantasia, sim! E é por ela que nós existimos. Porque só os artistas verdadeiros sabem como é triste viver sem fantasia!

# JÚPITER

QUEM: O Deus Júpiter.

STATUS: Irado com a traição de Vênus.

(Numa explosão.)

Maldita! Vênus, pagarás por teu erro. Incutirei em teu coração de deusa intensa paixão por um mortal, Anquises, um pastor, tão belo quanto um Deus, de coração puro e temente ao poder divino. Deverás descer a teus templos na terra, terás teu corpo untado com um óleo incorruptível e provido de olor. Deverás estar bela, com joias preciosas, teu véu mais brilhante que uma chama, pulseiras e brincos, o pescoço repleto de colares de ouro. Teu busto delicado deve brilhar como a lua. Subirás ao Monte Ida. Os lobos felpudos, os leões eriçados e as ágeis panteras deverão brincar ao teu redor. Diante desse espetáculo, lançarás amor em todos os corações. Quando te vir, Anquises não te verá como és de verdade, e sim a uma princesa, Otreia, por quem se apaixonará. Anquises não desconfiará de nada. Não desconfiando de que sejas Vênus, sentirá apenas o desejo em seu coração. Ele te convidará para compartilhar seu leito quente e macio, e tu, Vênus, não gorvenarás tua razão. Nem que tentes, conseguirás fugir desse momento. Aceitarás o convite e apaixonar-te-ás por Anquises. Ao amanhecer, tu despertarás e sofrerás por tudo. O encanto estará desfeito e Anquises descobrirá que tu és uma deusa. Amar um mortal é fonte de duros sofrimentos, pois, enquanto um reles mortal envelhece com rapidez, nós, deuses, permanecemos jovens. Nunca mais estarás livre dessa lembrança, sempre terás uma saudade no peito, e isto te fará mais humana do que deusa. *(Minerva, Vulcano e Diana gargalham.)* Que se cumpra o prometido!

# ETERNO BÁRBARO

QUEM: Figura viajandona, visual *hippie*.

STATUS: Oferece a outra face, movido pelo coração.

*(Do alto de uma pedra à beira-mar, com o vento batendo no rosto.)*

Quero o amor repetido em cada número do meu calendário. Já está escrito em mim com letras garrafais: FEITO PARA AMAR! Hoje quero o silêncio mais cheio que existir e o olhar mais simples para enfeitar o meu amor errante.

Quero enfeitar meu coração de pontos e vírgulas, e derrapar inconsequente nas curvas dos corpos que ainda irei amar.

Cravar minhas exclamações, interrogações e pontos de seguimento na lembrança dos amores vividos. Quero todos os corpos no meu, e nossa noite galopante!

E pra cada amor que tiver, colocarei o mundo aos pés, um céu estrelado, um barco calmo num pôr do sol vermelho... O amor tem isso, ele abre a porta da frente, dos fundos, as janelas e a gente vê tanta luz lá fora. Assim como o reflexo do sol no mar, ou o vermelho da flor em *close!*

Na minha retina tudo é colorido, quando amo é uma farra de policromias exageradas! Quero me quebrar todo e, chorando, achar lindo ter vivido, ter estado à toa num mar quente de gostar, de gozar, de ganhar, de amar e amar e amar... Desisto da poesia porque a falta de amor me rouba toda a tinta, todas as imagens, mistura tudo aqui dentro e faz uma confusão sem fim.

Todo sentimento ruim que existe em mim, o amor consegue enterrar, indigente da minha atenção, vítima do meu amor furioso.

Queria reinventar o amor! Esta seria a minha missão, se o próprio amor não fosse o criador, porque o amor é Deus!

Amar é esquecer os cordões que isolam os mundos, a marcha dos exércitos, os canhões e as leis.

Amar é voar! E voar! Sempre!

# MISE-EN-SCÈNICO

QUEM: Homem comum, vestindo cueca samba-canção.

STATUS: Age como um virginiano.

*(Tendo uma discussão com a companheira.)*

O pior é que eu decorei o enredo, refiz as marcas, mudei o figurino pela milésima vez e o nosso espetáculo não estreou.

Eu já sei as suas falas de cor, mas você sempre perde a deixa, e eu acabo repetindo o sempre de sempre.

Cansei do meu monólogo com o travesseiro. Já tentei a comédia, com trejeitos insuflados no banheiro, já fiz drama na cozinha, para as panelas... Meus gritos, minhas lágrimas... Mas pareço sempre canastrão, sem ritmo e nenhuma verdade cênica. Vai ver que eu não aprendi a amar você, ou gastei todo o meu talento tentando.

# DIVORCIADO PONDERADO

QUEM: Homem de meia-idade, de chinelo e pijama.
STATUS: Um cabeção de coração partido.
*(Ela acabou de sair e bater a porta. Ele, em casa, sozinho.)*

Há em tudo uma razão de ser, pelo menos assim desejamos que seja.

Tenho até o final desta cena para provar que o amor é fodido.

Oh! Que choque, que absurdo, que horror! Uns vão gritar: "Louco!" Outros olharão com complacência, descrença, aparente apatia e desinteresse, como se fosse um recalque: "Mal amado, rejeitado!" Enfim: escória.

E até devo ser mesmo. Ela foi embora.

O mais difícil é aceitar que prazer não tem nada a ver com amor. A gente goza, a gente vibra, a gente beija na boca, tudo como qualquer um que acredite estar sob o efeito desse sentimento.

O amor é algo danoso à nossa saúde física e mental. O amor é o verdadeiro grande mal da humanidade. Tudo pode ser uma grande comédia, só não sabemos quem são os palhaços de verdade. Todas as conclusões, teorias e opiniões são precipitadas.

É duro, mas, para nos curarmos, devemos confessar: amamos. O primeiro amor, três casamentos, homens, mulheres, animais. O amor nunca foi muito de selecionar.

Enfim: amamos. E temos que encarar esse verbo na primeira pessoa do plural do passado simples. Pois é necessário atravessar essa neblina convencional e ver que tudo sem amor é muito melhor.

Sem amor, o gozo é gozo mesmo, as relações são simples, sem paranoias, sem desculpas, cobranças, incertezas. As relações podem ser o que elas são: relações. Eu me relaciono com você e você comigo. Agora, se pinta outro alguém e eu resolvo me relacionar com ele, tudo bem, também. No final estaremos os três nos relacionando mutuamente, numa boa.

Sabem por quê? Porque "relação" não tem nada a ver com amor. Quem é que você pensa ser para controlar alguém? Enfiar-lhe uma aliança no dedo como quem demarca territórios. Ninguém é de ninguém. Acredito piamente que o amor é algo que deve ser extinto pelo bem da humanidade, pelo triunfo do prazer, do bem viver e da paz mundial.

É do amor por nações e riquezas, a culpa por muitas guerras. É o amor o culpado pela discriminação, pelas diferenças. Amor é *status*, moeda de um câmbio imundo que nós, homens, alimentamos para o nosso próprio sadismo.

O casamento não é uma estrutura falida. Falido é o amor! Institui-se aqui a confraria dos que não amam, mas que não abrem mão do direito ao matrimônio!

# SÁDICO I

QUEM: Adolescente com espinhas, em *jeans*.

STATUS: Com a compulsão de um viciado em chocolate.

*(Diante do ser amado.)*

Corto meus pulsos,
Asfixio meu pensamento,
Decepo minha cabeça,
Estrangulo meu pescoço,
Dou um tiro no meio da minha cara,
Uma facada nos buchos,
Me enforco,
Enveneno minhas veias,
Tento amputar meu coração,
Me empurro do alto,
Espanco minha carne,
Queimo minha pele,
Afogo meu corpo,
Distraio meu sexo,
Destilo meu sangue,
Traumatizo meu crânio,
Atropelo o meu raciocínio,
Trituro minha aparência,
Sufoco minha vontade...
Ou confesso que te amo?

# SÁDICO II

QUEM: O mesmo adolescente com espinhas, em jeans.

STATUS: Enquanto fala, se arrepende.

*(Declarando amor a outra pessoa.)*

Eu viro vegetariano durante seis meses,
Quebro os copos de extrato,
Choro no telefone público,
Mudo de roupa na praça,
Me mostro na avenida,
Me exponho no analista,
Faço o preço da pechincha,
Dou desconto de 80%,
Crediário, parcelado, sem juros,
Passo troco a mais,
Aceito vale,
Aceito passe,
Peço desculpas ao Papa,
Rezo o Pai Nosso,
Faço o cúmulo...
Eu lhe dou amor e nem assino promissória!
Sabe por quê?
Eu te perdoo.
Você... foi quando eu cheguei o mais perto da loucura!

# ÉBRIO PENSADOR

QUEM: Homem adulto, com roupa de velho.

*STATUS:* Entorpecido.

*(Num dia normal, um senhor abre o coração para sua senhora.)*

E aqui estou eu, passeando em uma luz de mercúrio branco, sem encontrar a minha moça, passando dias e dias neste eclipse pagão. Minha vida é uma grande ronda, uma ronda boêmia, contabilizando aves e flores. Encaro isto, eu não fui, meu inverno desembocou num eterno outono.

Oh! Cara, você é um fodido apaixonado! Me sinto acampado numa nuvem branca de néon e estrelas azuis... dentes amarelos e muitas unhas quebradas...

Achei um foto sua... e ela sequestrou meu mundo esta noite para um lugar no passado, do qual nós já fomos expulsos há muito tempo. Agora estou eu aqui, com uma foto sua na mão e de volta ao trem do silêncio.

É uma circunstância além de nosso controle: o telefone, a TV e as notícias do mundo entraram na gente como um pombo do inferno, uma fotografia, e nos colocam de volta no trem do tempo: silêncio.

Aqueles foram os dias mais felizes de minha vida, como uma pausa na batalha, foi o seu papel na vida miserável de um coração solitário.

Agora estamos de volta ao trem e a viagem não tem fim.

# COVEIRO DE ILUSÕES

QUEM: Jornalista quarentão, que sonhou ser poeta e agora enterra corpos no jornal, empacotado numa camisa listrada menor que ele.

STATUS: Vive a angústia de um vazio de ideias.

*(Sentado diante de uma máquina de datilografia e um papel em branco.)*

É como se fosse toda a minha alegria numa carreira de letras e letras e mais letras: sou poeta.

A jovem G.M.P., 15 anos, sepultamento às 11 horas. Os obituários invadem meus sonhos toda noite, minha mente é um amontoado de cadáveres sem rostos, pagãos. Eles se confundem como se não fossem meus cadáveres nem minhas palavras, mas são minhas e meus...

Fogem, vomitadas dessa minha boca rasgada, um vômito desgovernado de uma garganta apática de olhos completamente arregalados!

Elas se movimentam nos meus dentes, emboladas na língua como um bicho vivo, fugido da garganta. As palavras têm vida e não são só minhas, são minhas e dos outros... como os cadáveres!

Na verdade, os cadáveres não são meus, nem as palavras... elas não são minhas, eu as jogo no papel como num surto. Um gesto da minha mão, que na hora não é minha mão, porque não são minhas as palavras...

Tudo porque sou poeta: mesmo escrevendo obituários, eu vejo

metáforas! Vejo metáfora numa cara amassada. Vou trocando de tema para burlar a minha própria falta de gozo. Um vento mais leve, daqueles que não balançam nem folha, me deixa completamente nu, correndo contra o vento na beira do mar que não para de ir e vir... Ai, meu Deus! Lá vêm as metáforas.

Sempre o homem de branco, correndo na areia que não gruda nos pés, em direção a um mar de ondas calmas e redondamente desenhadas, numa geometria precisa.

Minhas imagens são tão pobres de originalidade que chegam a me enjoar. E elas são irritantemente repetidas, aquele vai e vem de ondas, raios de sol, resplandecer de crepúsculos e carnes doloridas de prazer em almas laceradas... e um alvorecer matinal de virgem em botão.

Lá vem o maldito homem de branco que corre para a mulher também de branco com as ondas esbarrando nas pernas. Eles correm como em câmera lenta, esperando o corte da minha edição mental. Eu sou uma Hollywood ambulante, com todos os mitos e cacofonias que eu mereço!

As minhas metáforas vão me asfixiar como quem domina um mal. Elas morrem nas minhas lentes embaçadas, sem plateia, sem coadjuvantes, só eu e minhas imagens.

## CINÉFILO MASOQUISTA

QUEM: Um homem comum, só que sozinho em especial. De camisa polo e bermuda.

STATUS: Perplexo.

(Sentado na poltrona do cinema, após o final da sessão.)

Tomara que um dia eu vire filme! Sempre quis ser um filme, com centenas de pessoas mentindo as minhas mentiras, com maquiagem e figurino de época.

Do outro lado, milhões de pessoas pagando para me ver de mentira.

Nesse dia, queria estar sentado na saída do cinema para no fim da sessão passar despercebido pelos casais, todos felizes com a minha desgraça!

Posso ser pior do que um filme B: minhas cenas serão encharcadas de um mar que vai e vem e de solitários beijos nas paredes.

# APRENDIZ DE HOMEM

QUEM: Adolescente.

STATUS: Entre o mergulho e o medo.

*(Nu e sozinho em seu quarto.)*

Quando beijei pela primeira vez, eu me choquei: Meu Deus, beijo é quente!

Diferente de parede... Achei que, qualquer dia, eu daria um beijo, menos naquele dia, apesar de ter planejado e sonhado com aquilo.

Ela disse: "Você não vai me dar um beijo na boca?" A minha primeira reação foi de pânico! A segunda foi de manutenção do pânico. E a terceira, uma ampliação da mesma sensação. Um gelo que cai por dentro e um fogo que sobe no corpo... Imediatamente as minhas pernas começaram a tremer em descompasso com o coração, e a língua a sambar dentro da boca, procurando a resposta mais adequada.

Silêncio. Por mais que soubesse que não havia mais nada a dizer e que não teria tempo de ir em casa escovar os dentes... foi um silêncio do tamanho da eternidade.

Nós nos aproximamos... o beijo. Ela saiu correndo e eu fiquei ali, atrás do muro, chocado com a temperatura da boca.

# VELHO AMIGO

QUEM: Senhor vestido elegantemente com um terno preto e segurando um chapéu coco.

STATUS: Com uma tristeza digna.

*(Diante do túmulo de um velho conhecido.)*

Até breve, amigo meu. Até breve, sim, porque adeus é uma palavra que não deve ser dita já que encerra em si a pausa definitiva e autoritária sobre nossas cabeças. Não merecemos tanto pesar neste belo momento de tua morte, não é? Hã? Logo tu, que tanta alegria trouxeste ao mundo! Lembro que vivemos juntos temporadas inteiras sob o aplauso quente da plateia. Eles, que vibravam com tuas aventuras, as quais tive a honra de compartilhar. Devo a ti, meu amigo, o amor que recebi de tantas moças... Ah, as moças... Elas achavam que aquele sujeito abaixo da luz, desprovido de medo, era eu.... Sei que até tinha um pouco de mim em ti também, eu sei... Mas confesso que, como um bom agricultor, tu soubeste cultivar o jardim de sentimentos que sempre existiu em mim. Montanhas, planaltos e vales de emoções vivi depois de ti. Conheci o mundo pelos teus olhos e me conheci. Ah, amigo, como nos planta mistérios esta vida, não? *(Um jardim de girassóis começa a crescer.)* Por isso, hoje trago-te flores baratas, arrancadas dos canteiros da cidade, porque a amizade custa caro. Por isso estou aqui, regando flores com minhas lágrimas e celebrando a tua morte, íntima para nós. Sei que morres apenas para mim, que já não tenho condições de ser um com você, a não ser que um louco queira fazer comigo uma versão contemporânea e pósdramática de tua vida. Nossa história acaba aqui, mesmo sabendo que não morres verdadeiramente. Nunca morrerás, não é? No máximo, ficarás empoeirado nas páginas marcadas a lápis. Alguém até reconhecerá o teu valor e dirá: "Este foi um bom!" Outros podem até se atrever a revivê-lo... Mas, prometo, não assistirei a eles. Talvez por ciúme, por inveja, por amor... Não assistirei a uma outra versão de ti que não seja a minha. Tu não morrerás, meu amigo. Eu sim... Para ti. E um dia não estarei mais aqui e também não terei a sorte de ter-te em meu enterro, trazendo-me flores baratas, pois estarei no palco, regando o público que, todas as noites, assistiu à tua morte.

# ESTRELA DO ROCK

QUEM: *Crooner* de uma banda de *rock* dos anos 70, mais barriga do que ousadia.

STATUS: Decadente e transviado.

*(Sobe ao palco e percebe o público.)*

Salve! Salve! Muito boa noite para quem me escuta ao vivo e em cores! Trago duas notícias. Uma, se você me escuta, é sinal de que estamos vivos! Ora: vivamos! A outra é que... o sonho acabou! E vocês são os nossos convidados para esta Cerimônia do Adeus! É, crianças, isto é só fim de mais uma banda de *rock*... Quando o *show* termina, a gente fica, sempre, com a boca seca, sabe? Querendo mais... E vocês? Vocês vão pras suas casas, tiram suas máscaras, dormem... E amanhã é outro dia. E nós? A gente pode até tirar o figurino, lavar a cara, mas a poesia não sai da gente. A alma do artista, com certeza, é a última a abandonar o barco. A arte demanda olhos, ouvido e coração... Não dá pra competir com o Whatsapp, né, cara?! Então, o que vocês vieram fazer aqui? Hein? Vieram velar o nosso corpo. Espantar as moscas da nossa boca! Eles andam armados... São perigosos... E a metralhadora tra, tra, tra, tra! No que depender de mim, seguirei em cena até os 80, esperando a dentadura voar... Só pra incomodar. Nós nunca vendemos versos brancos... A nossa poesia foi sempre concreta. Ok! Voto vencido. Aceito que o sonho acabou. Mas, pelo menos esta noite, vamos fingir que tudo tem jeito, e vamos quebrar tudo neste palco! O público tá aí esperando. Tá ou não tá? *(Para a plateia:)* Estou aqui por vocês! Os sobreviventes!

# CORDELISTA

QUEM: Homem descalço, com olhos de poesia e um pandeiro na mão.

STATUS: Diante do caos dos dias de hoje, rega uma muda de alegria.

*(Apresenta-se numa praça movimentada, para uma plateia invisível.)*

É o cordel do fim de tudo.
Só quem não sorriu foi o rabudo.
Fizemos o que pudemos.
Só não dissemos o que não sabemos.
E pra vocês fica esta viagem
E esta bela homenagem.
É hora de ter fé
E, na estrada do saber, plantar o pé.
Um bom falatório pra vocês,
De quem este humilde e simplório sujeito é freguês.
Avante, que a luta é robusta,
Mas a causa é boa e justa.
E faz favor de não me julgar.
Educação SEMPRE, em primeiro lugar!

# ALCOOLIZADO NA MADRUGADA

QUEM: Um homem ao descobrir que não ama mais, todo rasgado.

STATUS: Desesperado com a descoberta.

*(Noite boêmia, entre bares lotados.)*

Avisem ao dia que a madrugada morreu para mim.
Diga a ele que nem venha me acordar,
Porque eu não vou ouvir.
Mandem, também, o samba parar na esquina.
Meu coração inflamou, esta noite.
Chamem o corpo de bombeiros,
A polícia de choque,
A guarda civil,
Florestal,
Federal...
Comprem uma página da gazeta,
Quinze segundos na TV.
Parem o trânsito,
Matem o presidente.
Façam o mundo parar:
meu amor era pouco, e se acabou.

# LAMENTADOR PORNOGRÁFICO

QUEM: Tarado digital, pelado, enrolado em cobertores.

STATUS: Cheio de tesão na intimidade alheia.

*(No escuro do seu quarto, sentado numa cadeira, dialoga obsessivo com a tela do seu computador.)*

Ah, se um dia você fosse minha como planejei! Eu teria estragado tudo, de tão perfeito que seria. Eu me agarraria nos seus cabelos como quem enlaça um bicho selvagem. Você iria querer erguer a cabeça, dar uns espasmos tentando se soltar e eu puxaria, mais forte, você para junto de mim... por trás, arrastando-a pelos cabelos. E quando você ensaiasse me atacar com a sua racionalidade, eu te jogaria na cama e, mesmo antes de refletir bem no que estava fazendo, a minha língua iria lhe dizer as verdades que as palavras não conseguem.

Teria você presa pelas minhas mãos, à força, sem opção, sem defesa, toda minha! Sem nome, sem conceitos, só minha. Se um dia você fosse minha como planejei, eu não a amaria tanto!

# VENDEDOR DE OURO

QUEM: Senhor vestido com um terno antigo preto.

STATUS: Cheio de sabedoria, despede-se de um grande amor.

*(Com um par de alianças nas mãos.)*

A quem foi dado o poder de adivinhar o futuro? Quem é o único que pode dizer que tudo passará? Ou que depois da tempestade, com certeza, virá a bonança? Eu não tenho esse poder. Sou apenas um ourives. Faço do ouro a beleza. Porque o ouro não é belo por si. Ele é apenas um metal. O que é belo no ouro é o que se pode fazer dele, assim como tudo na vida... Como o casamento. O brilho do ouro, assim como o brilho dos olhos, pode nos ensinar como viver. É dos olhos que nasce a arte. A joia mais preciosa que conheço é o olhar dos amantes. E a beleza mais cruel, a perda de quem se ama. O que esperar, meu Deus? O que vemos diante dos nossos olhos são dias e dias de guerra e fumaça sem fim. Varsóvia caiu, caiu também a fortaleza de Modlin, último bastião da nossa resistência. Caiu ao chão a nossa esperança! Não faz nem trinta dias que essa guerra começou, e a nossa Polônia já assistiu a 70 mil mortes, entre civis e militares, e 130 mil feridos. Aquele menino tão cheio de vida... Quantos meninos a guerra vai nos tirar... Quantos amores? E todos sabem... Todo mundo sabe que isso é apenas o começo.

# VELHO DA CALÇADA

QUEM: Senhor de suspensório e gravata-borboleta.

STATUS: Sente o peso da vida, entre lembranças.

*(Pensando alto enquanto caminha lambendo um sorvete.)*

O amor fez, dos meus olhos, mestres da ilusão. Olhos que mentem, enganam, que não se importam nem um pouco com a verdade. Mas se o que bate no peito dos amantes é bonito, quem haverá de ser feio neste mundo? E, se para alguém, o amor do outro não parecer belo, fica o dito pelo não dito, e estamos conversados. Que olhar de crítica ou de tristeza pode ser capaz de deter o amor? O amor não tem tempo, não tem prazo de validade. Ele simplesmente é. Sim! Ele não é justo. Isso ele não é. O olhar do amor dorme entre o verão e o inverno de cada um de nós, entre o sol que nos ofusca a vista com sua claridade e a chuva que nos embaça a visão do real. Tudo isso é o amor. Não é por acidente que ele nos furta a visão da verdade. Pelo amor, é preciso encobrir os erros, pois disso depende o bater humano do nosso coração.

# ZÉ DA QUEBRADA

QUEM: O sambista puro, menino, de terno branco.

*STATUS*: Feliz.

*(Voltando pra casa.)*

Eu aprendi a sambar no quintal. Com uma tia preta velha, Tia Lourdes. Eu tinha, sei lá, uns cinco anos... Éramos um bando de moleques correndo no quintal e tirando araçá do pé. E minha tia na cantoria, dia e noite... – *Por que ela canta tanto?* – a gente pensava. Depois eu entendi, já grande, que cantar é uma maneira de lembrar, de não deixar morrer. E quase todo dia, depois de quarar a roupa branca, ela chamava a roda dos meninos, a meninada toda num canto, e ensinava. *"Tira a mão do paco-paco e bota a mão na flor... Tira a mão do paco-paco e bota a mão na flor..."* E fazendo o gesto... Era tão engraçado! Uma mão na frente, a outra atrás, em forma de concha, vai falando e alternando a mão da frente para trás e a de trás para frente. *"Tira a mão do paco-paco e bota a mão na flor... Tira a mão do paco-paco e bota a mão na flor..."* Os pés vão acompanhando os braços: quando o de trás vai pra frente, o da frente vai pra trás. E os braços vão ensinando ao resto do corpo como é o requebrado. *"Tira a mão do paco-paco e bota a mão na flor... Tira a mão do paco-paco e bota a mão na flor..."* E não tinha nada dessas ousadias. A gente tava era brincando, brincando de sambar. Oh! Saudade de ser menino. A gente necessitava de menos do que tem hoje, mas também precisa querer mais do que dão pra gente. Eu já tive quase nada e era feliz. Meu samba era em caixa de fósforo e não tinha pandeiro pra marcação. Não tinha banheiro, nem tinha estudo, nem terno branco, mas era feliz como o Diabo. Ê felicidade banguela retada.

Ninguém me dizia lero nenhum. Não tinha crédito, mas também não tinha débito. Noves fora? Zero à esquerda! Ponto pra mim, que não incomodava ninguém. Eu não sabia que aquilo era felicidade, e mesmo assim bastava. Mas não era assim felicidade como eu pensei que era a felicidade de quem é feliz de verdade. Tá me compreendendo? É que a gente imagina a felicidade toda vestida de seda pura.

O samba me fez homem. De José da tia Lourdes, pra Zé da Quebrada. Sangrei vagabundo na peixeira. E me fiz malandro no truque de sobreviver. Tenho o coração vazio e machucado de tanto usar. E até hoje, em toda cadeira que balança, em todo cuscuz no fogo, em todo abraço, tem o gingado da minha tia, e aquela voz rezando: *"Tira a mão do paco-paco e bota a mão na flor... Tira a mão do paco-paco e bota a mão na flor..."* Que Deus a tenha em bom lugar! E a mim não desampare.

# ARNALDO

QUEM: Obeso paranoico, com roupa de ginástica patética.
STATUS: Chora seus dramas.
*(Tenta praticar atividade esportiva enquanto chora.)*

E eu, que tenho quatro irmãos fortes, bonitos e atléticos? Vocês sabem o que é ser o único obeso de uma casa de esportistas? Meu pai não bebe nem cerveja para não ficar com barriga! Dói, dói muito. O telefone não para de tocar, cada um dos meus irmãos tem quatro ou cinco namoradas, e eu? O que é que sobra para mim? Sobra a dor, a solidão, a humilhação... Quando eu tinha cinco anos, a minha professora na escola todos os dias me dava um chocolate. Aí, quando eu passei para a quinta série, a minha antiga professora avisou para a outra que eu gostava de chocolate. E como eu sempre fui um querido, vivia ganhando chocolates. Aí, quando eu passei para a sexta série, eu tive cachumba e todos os meus parentes ficaram com pena de mim e me deram chocolates. Quando eu passei para o segundo grau, todas as meninas pelas quais eu me apaixonava ficavam minhas amigas e me davam chocolates, mas na verdade elas queriam era se aproximar dos meus irmãos através dos chocolates. Na faculdade, eu tinha uma professora que se apaixonou por um dos meus irmãos e todos os dias me dava um chocolate... Eu me tornei um viciado. Diariamente eu como três ou quatro latas de Nescau puro, além de chocolate com feijão, com pizza, com sopa, macarrão... compro cachorro quente na rua, levo para casa e encho de brigadeiro em cima do molho para comer. Quando eu arranjei o meu primeiro emprego, as minhas colegas eram todas apaixonadas pelo meu irmão mais velho. E sabe o pior de tudo? Todo mundo lá em casa tem intolerância a lactose. Menos eu!

# LÍVIO

QUEM: Jovem adolescente vestido com uniforme escolar.

STATUS: Sente o borbulhar de um amor fresquinho da hora.

*(Deitado em sua cama, enquanto escreve uma carta de amor.)*

Anne, na última carta que lhe escrevi, minhas palavras mentiram descaradamente quando disseram que eu não poderia amá-la mais do que já amava. O tempo parece desviar minha alma da sanidade e me faz mergulhar numa saudade ansiosa. O amor que eu julgava maduro não passava de uma criança cega, diante do que sinto hoje, e isso me faz temer o nosso amanhã, pois sei estar bem longe da velhice. Eu vivo o descompasso, na espera do dia em que terei você em meus braços como antes, só que, dessa vez, para sempre. Talvez nas férias possa ir até você, mas não tenho certeza, porque os estudos engolem todo o meu tempo com voracidade. Espero que você ainda pense em mim como antes. Ainda espero sua resposta à minha carta anterior. Não suporto teu silêncio, escreva-me com a urgência do nosso amor. Com todo o afeto do meu coração para o seu... *(Lívio amassa a carta e começa a escrever outra.)* Anne, como estão todos por aí? Aqui as coisas vão como antes, os estudos engolem meu tempo, são muitas novidades, um mundo novo. Tenho amigos companheiros e me sinto pleno e feliz. Ando pensando em não voltar mais para o interior, nem nas férias. Você não gostaria da cidade grande, aqui as coisas...Eu te amo e esta é a verdade.

# GIOVANNI

QUEM: Jovem forte e viril, em camisa aberta e peito livre.

STATUS: Chega de um prostíbulo, marcado por uma noite de amor.

*(Entra no dormitório e encontra um colega de quarto ainda acordado.)*

Oh, ainda está por aqui? Pensei que já estivesse batendo nas portas do paraíso! *(Imitando:)* "Senhor, eu morri, deixe-me entrar!" Eu sei, por isso quero que fique bom logo, a vida é boa demais para vivê-la toda numa cama. A não ser que seja bem acompanhado, é claro. Aconteceu tudo, tudo que já deveria ter acontecido há muito tempo. Estou feliz como nunca estive antes. De hoje em diante, sou um novo homem, pode apostar! Foi maravilhoso, como num sonho... não, melhor do que tudo o que já sonhei. Quanta bobagem você me disse, as mulheres do casarão são tão bonitas como o inferno, não vi nenhuma manca ou mesmo caolha! Maior prova de que você não conhece as moças do casarão... Que perfume... Ela era um verdadeiro anjo, santo e demônio de pele alva, cabelos negros, seios abundantes. O cabelo brilhoso e perfumado caído em cachos até os seios no decote do vestido... o vestido era azul. Lara é o nome dela. Quando a vi toda nua na cama, mal pude acreditar. Eu não disse nada... que era a minha primeira vez, mas ela me sorria como se soubesse. Ah! Lívio, mesmo que por alguns instantes, aquela mulher foi minha, toda minha! Seu sorriso era encantadoramente meigo. Ela me beijava com doçura, era doce e selvagem ao mesmo tempo. Depois de tudo, desmaiamos exaustos na cama, eu até fumei um cigarro que ela me deu. Disse que era para relaxar! Como um homem de verdade deve fazer. Faz parte das mudanças, depois do amor, o cigarro, todo mundo faz isso. Quando eu já estava quase indo embora, ela me puxou para o salão e dançamos, dançamos rodopiando pelo salão como um casal de apaixonados, eu mal podia me conter de tanta alegria. Não importa, e nada do que você diga vai diminuir a minha alegria. Eu estou apaixonado: eu amo você, Lara! Nós rodopiamos pelo salão, ao som de uma música qualquer... Era uma vitrola velha, mas para nós parecia uma orquestra. Você tinha que ver, Lívio! Você deve estar pensando que ela dança com todos os clientes depois do serviço prestado, como estratégia para manter a clientela. Não é? Mas não. Não. Comigo foi diferente, eu tenho certeza. Fique feliz pelo menos por mim. *(Imitando:)* "Ora, conceda-me esta contradança, senhorita?" *(Lívio hesita, os dois rodopiam pelo quarto, dançando e rindo.)* Eu estou feliz, Lívio! Muito, muito feliz!

# ARNALDO

QUEM: Obeso paranoico, com roupa de ginástica patética.

STATUS: Conta seus dramas enquanto devora o mundo com os olhos.

*(Fazendo o seu testemunho.)*

Nem me lembre dessa semana, não tive coragem de me pesar. Os dias pareciam mais longos do que nunca e a fome interminável. Eu acordava de madrugada, tentando me controlar, tive pesadelos horríveis. Ontem eu sonhei que estava correndo na orla, quando, de repente, eu comecei a ser perseguido por uma galinha assada gigantesca. Ela corria atrás de mim e gritava: "Me coma, me coma!" Eu, desesperado, não parava de correr. Eis que surgiram por todos os lados milhões e milhões de brigadeiros saltitantes, pulando e pulando ao meu redor. Eu gritava: "Xô, brigadeiro, xô, eu estou de regime!" E a galinha atrás de mim: "Me coma, me coma..." Acordei do pesadelo e, ainda sob o efeito da perseguição, fui até a geladeira, e tudo aconteceu. Tinha uma panela de sopa. Eu servi a sopa, misturei *catchup*, maionese, farinha e mostarda, fiz um grande pirão e comi, comi toda a panela. Foi um ato compulsivo. Durante essa ação criminosa, eu me dei conta do que estava fazendo e comecei a chorar. Comia e chorava, chorava e comia sem parar.

# LEOPOLDO

QUEM: Obeso militar, vestido de farda camuflada.
STATUS: Irado e obsessivo.
*(Faz um discurso enérgico.)* Por que será, obesos, que Deus, do alto de toda a sua sabedoria, ordenou que Moisés subisse o Monte Sinai para pegar aquelas levíssimas placas de pedra maciça com os dez mandamentos? Por que será que o Grande, o Maior de Todos, não fez as placas brotarem do chão embaixo dos pés de Moisés? Por que simplesmente o Magnânimo não fez os dez mandamentos caírem como gotas de água do céu, leves como plumas? Hein?! Porque nós temos que sofrer! Temos que nos punir pela ressurreição de nossas almas gordas. Vamos elevar os nossos pensamentos a Ele, e sacrificar o corpo, a matéria, em nome da salvação eterna. Vamos tirar nossas almas da lama de pizzas, tortas, sorvetes, sanduíches, acarajés... pecados da gula. Nos livrando dos nossos fantasmas, a celulite, as estrias... Vamos nos sentenciar, todos com seus chicotes em punho. Aqui é o nosso purgatório! Todos peguem seus chicotes e iniciemos a sessão de flagelo. Quem não tiver chicote use a mão, o que importa é a dor! Vamos lá! *(Chicoteia a si mesmo enquanto fala:)* Isso, mais forte! A dor, só a dor salva. *(Para a plateia:)* Quero ver todos se chicoteando, um gordo ajudando o outro, os cheinhos e as cheinhas também, aqueles que não se consideram gordos, mas já encolhem a barriga quando se toca no assunto, também se chicoteiem, sintam a dor rasgar a sua carne pecadora em nome da salvação! Aleluia, celulite! Aleluia, estrias!

# MARIDO

QUEM: Machista de meia idade.

STATUS: Quase bêbado, sem acreditar.

*(Implorando pela atenção de quem passa, escorado no balcão de um bar imundo.)*

Como é a história? Quem ela pensa que é? Aquela mocoronga, mocreia, tribufu, coisa feia do pai... Bem! Ela falou por mais de uma hora, e conseguiu permanecer todo esse tempo emendando frases prontas num discurso totalmente clichê que só fazia ampliar mais e mais a minha irritação... Eu sei que na mesma noite ela arrumou as malas, vestiu uma roupa nova e saiu de casa. Eu fiquei desnorteado. Como aquela mulher foi capaz de me abandonar? Eu pensei em me afogar no álcool, mas eu não bebo. Senti que eu precisava de um cigarro... Também nunca fumei... Pensei em me matar... Abri a janela do nosso apartamento, sentei na janela e, na hora em que eu me preparei pra pular, ouvi aquele toque ridículo do celular de Mariângela. Ela esqueceu o aparelho em cima da cama. Corri, peguei o aparelho: era um tal de Otelo. Atendi e fiquei em silêncio. Do outro lado, uma voz de homem disse: "Cadê você?" Como assim? Quem era aquele homem ligando pra Mariângela perguntando por ela? Eu senti que estava prestes a conhecer a verdadeira Mariângela.

Aquela mocoronga, mocreia, tribufu, coisa feia do pai me traiu!

Realmente não há feiura que não mereça ser amada!

# AUGUSTO

QUEM: Marido na cama.

STATUS: Acorda desesperado e suado.

*(De sobressalto e ofegante, olha para a esposa, Laura, ainda deitada na cama.)*

Laura...você... Laura! Eu acho que esses pesadelos não vão acabar nunca. O que é que você quer que eu faça? Corte minha cabeça e não pense mais? O corpo... O mesmo corpo ensanguentado, o corpo de mulher todo ensanguentado... Você! Era o seu corpo, Laura. É... e não é. A mulher não é você, mas o corpo é seu, o rosto é seu. É o seu corpo ensanguentado. Eu vi seu rosto, o olho aberto, me olhando... o corpo caído na cama... de salto alto e vestido... O vestido suspenso, com as coxas para fora, toda suja de sangue. E eu estava lá, não sei onde... é sempre muito rápido, mas... tinha uma música, eu ouvi a música... a nossa música, aquela antiga que você gosta.

Mas eu não sei onde, não sei se foi você ou eu. O tiro... o tiro, Laura. Você estava morta com três tiros. Três tiros: um no peito, um na barriga e outro na coxa, na coxa esquerda. Eu estava lá.

Laura, eu gostei?! Eu gostei. Eu me joguei em cima do seu corpo. Ainda estava quente, acabado de morrer. E eu beijei a sua boca, Laura, beijei, beijei... Desta vez, eu vi, mais claro do que nunca, cada detalhe. Era como um filme, tudo em *close*, cada pedaço da sua pele. A gente transou. Eu rasguei o seu vestido e gozei como um louco... eu mordi você... mordi você e o sangue que não parava de jorrar dos buracos... de bala! Eu gozei. E você estava morta, nenhum suspiro, nada!

Era o seu corpo, eu tenho certeza, era você, e era tão meu, seu corpo era todo meu e eu te amei como nunca. Eu me enrosquei em você e... foi tudo muito rápido, mas eu vi, desta vez eu vi muito bem...

*(Gesticulando com a arma na mão:)* Quando eu acordei, eu... estava todo sujo. Laura eu gozei de verdade, gozei sonhando. Laura, eu gozei com esse sonho! Isso não é fantástico? Você acha mesmo que eu tô maluco? Por que você não me deixa de uma vez? Não me manda embora? Obrigação? Isso não é amor! Aguenta tudo isso... eu não sei, eu tento, mas eu não consigo. Não é porque eu não te quero, eu te desejo como sempre, mas não acontece nada. Meu corpo não reage. Sete meses? Sete meses querendo, e nada?

Você deve pensar assim: "Esse brocha, será que ele não vai conseguir nunca mais? E se isso acontecer, como é que eu vou fazer para me livrar dele?" Claro que pensou, até eu penso. Eu penso nisso o tempo todo e tenho medo. Duvido que você não pense. Já deve ter feito mil planos para me matar, não é? Se você fosse me matar, como é que você faria? Mas pensa em matar, todo mundo pensa em matar alguém... em algum momento você pensou, tenho certeza. Como é que você me mataria? Envenenado? É isso, põe qualquer coisa no meu café e pronto, adeus ao impotente.

Que maravilha de casal nós somos, hein? Eu sou o esposo ideal, você a mulher mais feliz do mundo. Grandes merda é a nossa vida ideal, grandes merda! Como é que você iria explicar pra todo mundo que seu marido, logo o seu marido, é um impotente?! Hein?!

Até Olavo, que não respeita mulher nenhuma, com aquela fala mansa, vive esculachando tudo quanto é vagabunda, e olhe que ele é meu amigo... ele acha você a melhor esposa do mundo, já falou na minha cara, isso.

A gente seria mais feliz se você não fingisse que está tudo bem. Sei lá, eu queria que você desse a louca, quebrasse tudo... eu queria achar uma saída pra nós. Nem que fosse pra acabar em pedaços.

## ATO DE PRESENÇA – CENAS DELAS: A DOR DO MEU AMOR E OUTROS ASSUNTOS

*(Apaixonada, ela beija o ser amado com os olhos abertos.)*

*A minha língua arranha o céu da sua boca.*
*Por isso eu choro quando a gente se beija.*

# MULHER DE RUGAS

QUEM: Senhora acima dos 60, vestida de lantejoulas decadentes.

STATUS: Em busca de companhia.

*(Trôpega, aproxima-se de um homem sentado sozinho num bar.)*

Oi, *baby*! Eu não me lembro de você aqui, da noite... Calma, não precisa fugir de mim. Eu realmente não lembro de você, mas depois da segunda garrafa é tão difícil! Eu estou te sacando desde que você entrou aqui: entrou meio tenso, se sentou logo aí no balcão, no primeiro lugar vago que encontrou. Pediu uma dose de *whisky cowboy*, depois mudou de ideia e foi colocando pedras de gelo... Três... Cabalístico. Mas depois deixou o gelo derreter todo. Foi aí que eu saquei tudo... Está se sentindo só! Acertei? *(Ri.)* Como é que eu posso saber? Ora, *baby*, eu sou da noite, da orgia: Evoé, Baco! Um homem que pede um *whisky cowboy* transforma em *on the rocks*, e deixa o gelo derreter todo...?! Conheço aos milhões, toda noite. *(Ri.)* Ai, que linda a sua testa franzida... Ainda por cima, é tímido! Eu nunca fui mulher de rodeios, por isso eu vou logo direto ao assunto: a verdade é que eu quero você na minha cama. Eu sei que pode parecer meio vulgar, uma mulher de meia-idade, no meio da noite, abordar uma homem num barzinho assim tão sem classe, um cabaré... Mas eu não me importo, eu perdi a vergonha meia hora atrás. Aliás, eu estava pensando... Se todos disséssemos o que se passa aqui por dentro... você não precisaria mais de um copo de *whisky* cheio de gelo derretido, eu não precisaria estar aqui a essa hora da noite, e aquela cantora não precisaria cantar uma música dessas

(*Levanta-se e grita:*) Horrorosa! Cala essa boca, mulher, que já tá todo mundo deprimido, aqui. (*Senta.*) A verdade é esta... A gente precisava falar as coisas com mais verdade. Por isso, fica comigo por qualquer motivo... Pelo tempo que for possível. (*Pausa. Nenhuma reação do homem.*) Então, está certo, eu entendo. Eu vou por aí. (*Vai saindo e volta.*) Só tem uma coisa, não esquece de mim, *baby*. Lembra que, uma noite dessas, você conheceu uma mulher que já não sabia mais amar, e por isso se casou com a noite. (*Levanta-se. E, já saindo:*) E viva a verdade, sempre!

(*Mulher solitária sai. Homem cai outra vez sobre a mesa sem reação.*)

# MÃE DO MUNDO

QUEM: Mulher negra e poderosa.

STATUS: Com o coração espremido na mão do tempo.

*(No meio de uma favela, com o filho morto a bala no colo.)*

Mama, mundo! Fui eu que te pari.
Engrossa teu pescoço e vai à luta.
Corre pra rua, menino,
Que a dor é grande,
Mas o tempo é curto.
E o trabalho, duro.
Sangra, criança,
É assim mesmo,
Tem que doer pra valer.
Ninguém nasce pra sofrer,
Mas sofre pra não morrer.
Aprenda, meu filho:
Berre de fome, todos os dias!
Mas berre bem alto, que é melhor que chorar.
Raiva é melhor que pena,
Dor não lava a alma de ninguém.
Foi meu peito que te fez menino valente,
Foi meu leite que te deu sustância e nome..
Quero meu filho Mundo espalhado por aí.
Quero você com sede, sem dente,
com fome e contente.

Abre o olho, filho:
mundo é pra qualquer cor,
Da pele preta até os sem pele,
Dos que tem tudo
E dos que não sabem de nada.
A gente não sabe nada,
Mas, mesmo assim,
Tu gira, não é, mundo?
Tu gira que nem roda de baiana,
Que nem onda do mar,
Que nem vento que sopra
E leva a tristeza pros lado de lá.
Mama, filho Mundo,
Que tua mãe te alimenta de leite
E tu me alimenta de sonho!

# JOANA

QUEM: Mulher gorda, romântica, vestida de rosa e babados.

STATUS: Sonha, como sempre.

(*Durante uma sessão de terapia.*)

Depois que eu comecei a engordar, fiquei me sentindo muito sozinha. Foi quando eu resolvi ligar para o disque-namoro e conheci Orlando. Da primeira vez, conversamos por mais de meia hora, trocamos telefones e passamos a manter um relacionamento via telefone, fizemos até sexo virtual! Conversávamos sobre tudo: amizade, amor, sexo, e cada vez estávamos mais íntimos. Eu me apaixonei por Orlando sem nem mesmo conhecê-lo pessoalmente, e, quanto mais eu o conhecia e me apaixonava, mais o medo do encontro cara a cara crescia. Marcamos o lugar, a hora e dissemos como estaríamos vestidos. Cheguei ao barzinho com as pernas bambas, vi que havia um homem com a mesma descrição de Orlando sentado em uma mesa sozinho. Eu me aproximei, me sentei e percebi sua cara de decepção. Ele nem tentou esconder, desconversou e disse que nunca namoraria comigo, eu perguntei por quê, e ele me disse com todas as letras: "Porque você é gorda!" Agora, a única coisa que eu quero é ficar bem magra e mostrar pro Orlando o que foi que ele perdeu. O problema é que, apesar de tudo, eu ainda o amo, e tenho a esperança de que ele me queira. Até hoje, eu durmo abraçada com o telefone, lembrando dele, da noite em que fizemos sexo pelo telefone. Sonho em casar na igreja, vestida de noiva... mas eu sei que tudo isso é fantasia. Ninguém nuca viu casamento de noiva gorda. Toda noiva é magra! É igual a enterro de anão. Anão não tem direito de morrer.

# SABRINA

QUEM: Mulher rica e plastificada.

STATUS: No maior clima de filme *noir*.

*(Desfilando, apressada, na sala de sua cobertura decadente até o telefone antigo.)*

Nossa! Esse telefone hoje não parou de tocar! É tão deselegante ligar para o número fixo da casa de alguém! Que horror, essa gente que economiza até numa ligação! *(Atende:)* Alô?! Mansão dos Cintra e Sousa. Não! No momento eu não posso atender. Deixe o seu recado após o blim-blom *(imitando o sinal:)* Blim-blom! ... O quê? Repita aí, que não gravou! *(Pausa.)* Polícia? Como assim, polícia? Sim! Sou eu mesma: Sabrina Cintra Sousa Souto Bittencourt. Como é? Vocês acabaram de encontrar um corpo obeso, morto no banheiro do aeroporto? O senhor conseguiria, assim, ser mais específico, e me dizer em média, quantos quilos tem esse corpo? *(Pausa.)* Mais de 120? Não! Eu não conheço ninguém com essa massa corporal. Façam bom proveito e tenham uma boa noite! *(Bate o telefone.)*

*(Corre para o bar e pega uma taça de champagne. O telefone celular toca na sua bolsa. Assusta-se. Corre e atende.)*

Alô?! Mansão dos Cintra e Sousa. *(Pausa.)* Não! No momento eu não posso atender. *(Pausa.)* Eu sei que é o celular! *(Pausa.)* É o senhor outra vez? Isso por acaso é um interrogatório? Que atrevimento! Eu não já disse... *(Pausa.)* Como é? *(Pausa.)* O corpo obeso apresenta claros sinais de violência sexual? *(Pausa.)* Como é? *(Pausa.)* Foi mesmo? Misericórdia! Ainda tem gente corajosa nesse mundo, né não? Porque o senhor vai ter que concordar comigo, esse sujeito fez caridade! *(Pausa.)* É mesmo? *(Pausa.)* E depois tem gente que acha que uma pessoa não pode morrer feliz! *(Pausa.)* O senhor acha? *(Pausa.)* E quem teria coragem de fazer uma coisa dessas? ... Eu? Não faço a menor ideia. Por que eu? *(Pausa.)* Como é que o senhor descobriu os meus números? *(Pausa.)* Ahã? O corpo obeso está sem lenço e sem documento, apenas com o aparelho celular agarrado na mão? *(Pausa.)* E os dois últimos números discados do aparelho eram o meu fixo e o meu celular? *(Pausa.)* É mesmo? *(Pausa.)* Sim! E daí? ... Daí que eu vou ter que ir até a delegacia depor? *(Grita:)* Mas, meu senhor, eu sou uma mulher casada, mãe de dois filhos... Eu não posso... *(Afasta o telefone do ouvido constrangida. Fala agora com humildade:)* Sim, senhor! Sim, senhor! Na hora que o senhor quiser. Não vou sair de casa. Aguardo sua chamada. *(Pausa.)* Tá! Eu já entendi que eu sou suspeita! Vou até trocar o meu figurino para algo mais *sexy* e suspeito! Boa noite pro senhor também. *(Desliga o celular. Pensa alto:)* Meu Deus! Morta bem na hora do chá? *(Vai até sua bolsa, tira um revólver e gargalha.)* Que demora pra achar aquele corpo enorme! Um brinde a mim! Cada um tem a morte que merece. *(Ri malévola.)*

# A VELHA DA ESTAÇÃO I

QUEM: Senhora muito idosa, de uma dignidade de época.

STATUS: Conformada com a solidão.

*(Uma estação de trem, com apenas um banco. Ao fundo, uma paisagem cinza de árvores secas, planícies desertas e um vento frio de fim de tarde. Tudo em cena é preto e branco. Uma mulher encontra-se sentada no banco da estação.)*

... sete, seis, cinco, quatro três, dois... *(Olha o relógio no pulso.)* É a mesma hora de ontem, eu sei que é. É a mesma! *(Olha mais uma vez para o relógio.)* E se não é a mesma hora, que horas são? Esse relógio... é mesmo de tempo! Nunca é a mesma hora, nunca! Mesmo que eu queira, nunca é a mesma hora! Pode ser o mesmo sol, a mesma hora de ontem, mas para ele nada é na hora, é sempre o que os ponteiros dizem e eles nunca dizem a mesma hora de um dia para o outro. *(Senta no banco, sempre atenta aos gritos e gargalhadas vindos do armazém. Olha insistentemente para o relógio, parece incrédula. Reflete com bom humor.)* A hora é diferente, tem dia que ela corre que nem menino novo, tem dia que vegeta que nem um velho doente. *(Mais vozes.)* Ah, essa hora e elas já gargalham! Também, não ligo para você, relógio, uma hora corre, outra dorme?! É até bom que os ponteiros estejam parados agora, assim posso ficar mais tempo aqui na estação e quem sabe hoje o trem...

# A JOVEM SENHORA

QUEM: Esposa amarga, usando um chapéu com flores.

STATUS: Carrega a mala com o peso de sua frustração.

*(Em silêncio, na estação do trem que nunca chega, ouvindo vozes vindas do armazém.)*

As mulheres do armazém estão sempre sorrindo. Sem se importar com a hora, riem a qualquer minuto. Eu durmo e acordo ouvindo as gargalhadas. Parece que a festa é dentro da minha casa. E a música? É como se a música estivesse aqui dentro dos meus ouvidos. Eu sempre as ouço, todos os dias! E são as risadas mais espalhafatosas que já ouvi. Tem uma que começa lenta e explode em urros como animais, tem outra que primeiro dá um grito, depois se espalha cheia de dentes. Algumas delas se fazem de tímidas ao sorrirem. *(Imitando:)* "rá, rá, rá", seguido de comentários: *(Imitando:)* "Rá, rá, rá, você é tão engraçado!... Rá, rá, rá, sim, eu quero mais um gole do seu vinho!... Rá, rá, rá..." elas gargalham... elas gargalham mesmo. Quando a festa acaba, elas dormem ali mesmo, no salão, com a boca torta em cima das mesas, agarradas aos clientes... às vezes bêbadas, maquiadas... com as garrafas vazias... é assim que eles são felizes! Os homens e as mulheres do armazém são sempre felizes. Eu não tenho nada com isso. É uma vida que não é a minha! Eu não deveria olhar para aquele antro. *(Delira.)* Mas aqueles gritos e a música entram pelos nossos ouvidos, pela nuca e a gente fica bêbada, mole nos braços da noite... sozinha, sonhando... Até que o sono vem e nos leva de volta ao quarto de onde nunca deveríamos ter saído. Eu não olho sempre, só de vez em quando. Quando não me contenho. Olho, sim, e naquele instante desejo trocar de lugar com elas. Sei que não deveria olhar nunca! É outro mundo, que não é o nosso: uma vida que troca o dia pela noite, à noite sempre com as garrafas e os homens. Mas eu penso... as mulheres do armazém é que devem ser felizes!

# LILI

QUEM: *Rapper* da favela.

STATUS: Desabafa.

*(No camarim.)*

Cada um tem a guerra que merece!
Eu vim da favela!
Quando eu parti de casa, minha mãe disse: "Cuidado!"
E eu pensei: "Ah! Mãe! O mundo é que vai cuidar de mim!"
Eu só queria cantar! Que mal tem nisso?
Parecia que tinha um liquidificador girando na minha garganta,
E, se eu não colocasse pra fora, eu ia morrer.
Então eu vim, e vim, e cantei, e sorri...
E tô aqui: a favelada tá aqui!
Tão faltando dois dentes e um pedacinho do orgulho.
Mas tô de pé.
Tô aqui, tentando entender qual é o meu lugar nessa parada.
E daqui eu não saio!
Eu ouvi muita coisa no caminho, saca?
A história de muitas faveladas iguais a mim, iguais a você Lolô Angolana.
Muitas que ficaram na estrada.
Mas o meu liquidificador ainda tem força pra girar.
Mesmo que outras iguais a mim digam que o que eu tenho pra oferecer
não é tão bom,

não é tão nobre.
Que a minha música é lixo!
Não me importa!
A favelada vai continuar girando!

# SOFRÔNIA

QUEM: Uma esposa de época.

STATUS: Doida de amor pelo amante cavalo, desabafa com a criada.

*(Na feira, percebendo que o amante a despreza.)*

Então aquele cavalo teve a coragem de me rejeitar? Um bruto! *(Aos prantos:)* Como ousa tratar-me como uma qualquer? O ódio faz todo o meu corpo incendiar! Eu criei uma cobra no meu decote! Flertei com o desejo e fui alvejada! E não adianta pedir-me para lançar água em minhas chamas. Encontro-me incontrolável! Numa hora escorro, na outra incendeio. Eu o quero para mim! E tenho que dar um jeito de trazê-lo ao meu leito de traição! E o quero agora! Preciso fazê-lo acreditar na existência desse desejo, e que venha procurar-me ainda hoje às escondidas. Ai de mim que amo um cavalo, mas sou esposa do cão. Ai de ti, meu marido, se dependeres de cativar alguém para sobreviver... Coitada de mim! Não pense, cavalo, que vou desistir do seu coice. Sou forte o bastante para montá-lo! Aguarde e verá!

# MÃE

QUEM: Mulher de camisola e lenço na cabeça.

STATUS: Anestesiada de dor.

*(Sentada numa cadeira da cozinha, com as mãos na cabeça, diante do corpo da filha, caído no chão, morta pelo marido.)*

Ai, seu polícia! Vocês chegaram tarde. Tarde demais.

Minha filha Genaína Gomes dos Santos foi assassinada na frente dos meus dois netos. Agorinha mesmo. Tá aí dentro o corpo. Quer ver?

É a segunda vez... Não que ela morre: que eu morro. É a segunda filha que eu perco por causa de homem. Esse bebia muito, ele bebia demais. Nunca gostei de bebida dentro de casa. Perdição!

Cedo ele tava pra lá e pra cá com a faca na mão. Amolava e olhava pra ela. Até os vizinhos ouviram os gritos dela. Ligaram pra Delegacia, não ligaram? Pois então! Chegaram tarde. Muito, muito tarde. Agora é chamar o rabecão.

Semana passada ela mesma ligou. Minha filha Genaína. Ela ligou pedindo pra polícia vir pra tirar ele de casa. Ele tava muito violento. Ela chamou a polícia porque ele tava ameaçando matar ela. Mas hoje não deu tempo. No outro dia nem ninguém apareceu. Ó destino. Foi igual a irmã dela. Minha outra filha, Sara Gomes dos Santos, quinze anos atrás, foi morta aos 16 anos pelo namoradinho. Assassino. Minha filha morreu no dia do aniversário de um ano da filha dela. E agora eu só tenho na vida meus três netos. Tem quinze anos que uma foi, agora vai a outra. Eles deveriam ter deixado minhas filha em paz. Quando eu alertava, ela ria... ria dizendo que ele não seria capaz. Ria de mim. Ele dizia que todo o nervoso dele era por culpa dela. Que era ela que esquentava a cabeça dele. Ela ria e ele apontava pra ela. Olha aí. Acabou. Acabou tudo. Vocês chegaram tarde... Tarde demais. Mas hoje pelo menos vieram, né? Tarde demais. Tarde demais.

# VEDETE NA JANELA

QUEM: Senhora decadente, em seu maiô de lantejoulas, e plumas mortas na cabeça.

STATUS: Enquanto fuma um charuto fétido, espalha sombras, aos gritos.

*(Na janela de um edifício popular. Ao fundo, um choro terrível de criança.)*

Ninguém vai matar essa criança?
Oh! Criadores dessa máquina assassina,
Herodes, vê se desliga esse choro, que não tem quem aguente!

Queria morar num palco, onde a luz só acende na hora da cena,
onde a música está sempre no volume perfeito,
não tem criança no apartamento vizinho
e todo mundo ainda te aplaude no final!

Estou a um passo da loucura
e não vou avisar a ninguém.
E todo mundo ainda vai se espantar
quando aparecer no jornal:
"Velha atriz do rebolado comete crime bárbaro!"

Não tenho para onde ir,
o banheiro é dentro da sala,
que é junto com o quarto,
minha vida... um resumo.

Moro onde ninguém quis morar,
por isso que sobrou para mim,
entrar pela porta dos fundos

Não foi isso que sonhei para mim.
Se o tempo tivesse ouvidos,
iria infernizá-lo com lamentações,
por não ter me avisado
que o bom da vida passa rápido e
que a gente tem que aproveitar.
Não que eu não tenha aproveitado a vida,
mas ela me usou demais.

# VEDETE NO ESCURO

QUEM: Senhora decadente, em seu maiô de lantejoulas, e plumas mortas na cabeça.

STATUS: Enquanto bebe uma garrafa de licor de anis, espalha dores.

*(Sentada diante do espelho.)*

Um dia, completamente deprimida, cega de paixão, enfim compreendi que, para viver um grande amor, é preciso humildade. Durante muito tempo fui bonita, fui bonita quase a vida inteira. Condenada, sozinha.

Agora sou velha, não tenho mais viço, carta marcada, página virada de um folhetim velho de Janete Clair. Mas fui sempre bonita e, atrás de tudo que ostentava em ouro, em peles, em sorrisos, escondia a mulher, aquela que só queria amar, só queria sentir em algum momento que era realmente especial.

Mas a beleza é inimiga da humildade, e o amor não sobrevive à beleza. Todos cobiçam a beleza, todos querem tocar, todos querem ser ou desejam profundamente que você não seja.

Não existe quem não ame o belo, e não existe quem não inveje o belo. As vedetes tinham que ter coxas grossas... e corações de pedra!

# TEREZINHA DO CHACRINHA I

QUEM: Mulher gorda viciada em programas de auditório.
STATUS: Romantiza, como sempre.
(Ao desligar a TV.)

É só isso que a gente procura. Só não estar só. As noites vazias de calor e cheias de pernas e bocas pintadas são pra encantar o olhar embriagado do outro. Daquele que já não sabe nem pra quem olhar. Queremos o olhar pra gente, só pra gente. Queremos o calor de sermos vistos como somos: gente e só. Não "só" de sozinhos, "só" de simplesmente gente. Com erros, com falhas, e por isso mesmo mais e mais gente. E querendo ser gente quente, gente que esquenta o peito, que enche a cama vazia, que preenche a lembrança no outro dia, e no outro, e no outro dia inteiro... Que deixa o cheiro no ar que a gente respira. Gente pra quem a gente quer dar um pedaço do bolo, uma ponta da cadeira, um colo pra se aninhar. Não gente que não se sabe o nome, não se encontra, nem se abraça direito. Gente que mente, que esconde a cara suja, a falha, que não enxerga o tamanho do buraco. Meu Deus! Tem tanta gente precisando de um banho bem quente e um abraço. Tanta gente que tá doente e nem sabe. Doente precisando de remédio: 200 miligramas de atenção na veia pra começar a reagir. E a gente sendo tão gente, e morrendo de sede em frente ao mar. Gente como eu tem apetite pra devorar um coração inteiro de amor. A gente é gente, pô! Olha pra gente! Sente a gente! É só isso. É "só" isso? Não. "Só" não é. Só é pouco. Só é só nessa vida, quem não sabe ser gente. Quem sente, quem geme, quem teme, é humano. E pode esperar, meu amigo, minha amiga, pode aguardar de banho tomado, com um sorriso bem grande na boca, e o corpo dançando leve na penumbra da pista... Pode esperar dançando, que tem amor pra gente nesse mundo! E é só a gente pegar! O que eu vi da vida... é Fantástico.

# TEREZINHA DO CHACRINHA II

QUEM: Mulher gorda viciada em programas de auditório.

STATUS: Na farmácia, constrangida diante da balconista.

*(Falando com a balconista.)*

Oi! Eu não sei exatamente do que preciso! Sabe aquela dúvida? Em certo momento da minha vida, eu já me vi completamente entregue aos tranquilizantes e entorpecentes tarja preta! Tomava um pra acordar, outro pra ficar feliz, e outro pra diminuir a euforia, que o pessoal já estava ficando irritado com a minha animação diária. Então a Shirley... – Shirley é uma amiga – ela me pegou pelo braço e disse: Tereza, pare! Pare com isso, Tereza. Você vai matar o seu corpo, ou pior, você vai sobreviver a você mesma, e vegetar como um nabo.

Aquilo mexeu tanto comigo. Sabe? Principalmente o nabo. Porque um nabo? Porque eu era gorda? Mas não. Essa minha amiga é macro-hiperbiótica. E, pra me ajudar, me jogou numa farmácia de manipulação homeopática fantástica. Não me adaptei! Sabe aquelas coisas de amiga, com a melhor das intenções? Eu fui! Se aqueles frasquinhos com álcool são assim tão, tão, que nem, nem, por que razão todos os clientes têm uma cara desnutrida, infeliz e incrivelmente pálida? Andam desanimados e meio apáticos?

Eu gosto de vir aqui, farmácia de verdade. A gente olha as prateleiras e encontra pelo menos uns 53 remédios que são perfeitos para nós. Uns têm uma ação rápida, outros têm longa duração... Mas quando é que eu preciso de me sentir bem: agora ou mais tarde? Tomo tudo sem ler a bula. Se nos preocuparmos em ler a bula – aquilo que vem dentro da embalagem e ninguém lê – vai ter lá: "50mg de hidroclorotiazida". É muito ou pouco? Eu acho que, sinceramente, eles inventam palavras só para nos confundir.

Será que eles pensam que nós, ao lermos aquilo, vamos dizer: "Eba! Finalmente aumentaram a quantidade de hidroclorotiazida..."? Depois realçam sempre o ingrediente que nos tira as dores, e esse é sempre: extraforte... Já não é só forte. Ninguém pode pedir forte, o forte já não está nem à venda, saiu do mercado. Agora só extraforte. Mas eu estava num estado tão lastimável que nem o extraforte daria jeito.

"Moça, eu preciso de algo forte. O máximo! Me dê o mais forte que tiver! Não quero o extraforte, nem o duplo extraforte, eu quero o maxissupratriploextraforte. Dê-me a quantidade máxima que o corpo humano aguenta, é esse o tipo de dor que eu tenho. Veja a quantidade que pode me matar. Agora reduza só um bocadinho e dá cá esse remédio. Eu sou forte! Eu sei. Eu aguento!"

# TEREZINHA DO CHACRINHA III

QUEM: Mulher gorda viciada em programas de auditório.

STATUS: Atrapalhada com seus sentimentos mais íntimos.

*(Ela entra no consultório do terapeuta, senta-se no divã e começa a voar.)*

Oi! Meu nome é Tereza... Mas todo mundo me chama de Terezinha. *(Pausa constrangida.)* É, sim... Meu nome é Tereza em homenagem a Chacrinha – o velho guerreiro. Vocês lembram? *"Terezinhaaaa...? Uh, uh!"* Minha mãe era fã de Chacrinha. E só me chamava assim: *"Terezinhaaaa?"* E eu tinha que responder: *"Uh, uh!"* Desde bebezinha. No início, eu tinha trauma, quando ainda era a Discoteca do Chacrinha, na Tupi. Depois foi pra Excelsior, Bandeirantes, até acabar na Globo. Depois ele lançou a Buzina do Chacrinha, e a Hora do Chacrinha. Esse último foi o primeiro programa de calouros da TV brasileira. No final das contas, eu acabei me acostumando e meu sonho era ser chacrete. Eu não gostava de ser Terezinhaaa... Chacrete era muito melhor. Terezinha nem cara tinha... Era só ficar chamando: Terezinhaaaaa... Uh, uh! Um saco. Daí eu não parei mais. Podem me chamar de Terezinha mesmo. É assim que todo mundo me chama desde pequena. *(Pausa.)* Sabe uma pessoa que acreditou a vida inteira que nasceu pra ser plateia? Eu! Eu sou uma plateia ótima, vocês precisam ver! Eu rio de tudo, choro por qualquer besteira. Até em peça infantil, quando fica a menina boba perguntando: Cadê o lobo? E o lobo tá atrás dela... Eu grito: Tá aí! Tá aí! Na rua é uma loucura... Onde eu vejo um grupo de pessoas sentadas, eu corro logo pra achar um lugar pra mim também...

Até em ponto de ônibus. Se tiver muita gente eu corro, pego uma ponta e fico vendo os carros passarem. Vai que acontece uma coisa interessante... Quando a gente tá na plateia, dá uma sensação de todo mundo junto, né? Plateia vive as emoções conjuntamente, chora... Eu gosto muito de ser plateia. Parece loucura pensar essas coisas, né? Mas não é loucura, não! É só porque eu sempre fui fã dos programas de auditório... De todos. Sem exceção de canal: todos. Eu sempre achei que nos programas de auditório da TV todo mundo é feliz... Pelo menos parece, né? A plateia, os calouros, os jurados... Todo mundo é feliz! Tudo é tão colorido: perfeito. Eu queria que o mundo fosse um grande programa de auditório, onde tivesse um homem levantando uma plaquinha de claquete pra dizer como a gente deve reagir em cada momento. A hora de aplaudir, a hora de gargalhar, a hora de cantar, de gritar. Seria um mundo perfeito, né? Todo mundo junto... Com música, brincadeiras, um mundo encantado de verdade! Na minha opinião, os programas de auditório reunem o que há de mais fantástico neste mundo. É o espetáculo, a emoção, a vida ali no palco, diante da plateia, a carne viva e pulsante. Alegria espalhada de pouquinho em pouquinho pra cada um, nas nossas telinhas. Um programa sem plateia não é nada. Um programa de auditório é tudo isso, nos faz sonhar, nos faz acreditar novamente no ser humano, no amor, na generosidade das pessoas. E tem gente que pensa que um programa de auditório é apenas um *show* de variedades, ou uma sequência de quadros pra entreter a plateia. Não é. É muito mais. Um programa de auditório é a luz no fim do túnel, para uma vida mais feliz. Eu só não gosto quando termina. Quando sobem os créditos, acaba o programa, e a luz da minha TV se apaga, acende no meu coração a esperança do próximo programa, da próxima atração. E assim eu vivo, na certeza de que, na próxima semana, o *show* vai continuar, e a minha vida também. A minha vida é como um programa de TV, pelo menos pra mim... E eu tô sempre na plateia. Assistindo aos outros. Só que um dia eu me dei conta de que todo mundo é atração no programa da minha vida, menos eu. Foi um choque. Eu percebi que faltava eu no programa da minha vida. Mas foi exatamente nesse momento que começou um intervalo comercial eterno na minha vida. E nunca mais eu voltei ao ar. É isso, doutor. Tem cura?

# SOLTEIRA SEM CONVICÇÃO

QUEM: Mulher ansiosa pelo primeiro encontro.

STATUS: Procura assunto para agradar.

*(Alugando o motorista de aplicativo durante a viagem.)*

Bem que minha avó dizia: *"Minha neta, marido feliz é marido gordo!"* Só agora eu entendi o que ela queria dizer. Só dá trabalho se envolver com homem bonito. Atrai quizila, mau olhado, um horror. Tô carente, tão carente que qualquer carinho vira paixão. Semana passada eu tropecei na escada do meu prédio. O porteiro correu e me amparou. Nossa! Não deu outra. Na mesma noite, eu tive um sonho erótico fortíssimo com ele. Um homão maravilhoso com roupa bem apertada e corpo belíssimo! Levantei da cama imaginando os prós e os contras de uma relação com o porteiro, como seriam nossos filhos... Eu tô assim... Não me pegue, que eu me apaixono! O problema é que eu boto romance em tudo. Parece que minha vida tem que ser sempre como um longa-metragem: *"Em busca de um amor para toda a vida"*. Tem horas que eu fico com uma raiva de mim! Se eu fosse outra pessoa, não queria mais olhar pra minha cara. Eu queria ser outra pessoa. Leila Diniz! Será que foi bom ser Leila Diniz? *"Você pode amar muito uma pessoa e ir para a cama com outra. Já aconteceu comigo"*. Meu Deus, que escândalo! Ela que disse isso numa entrevista em plena década de 70. Engraçado que parece pecado a mulher ter prazer. Um pecado tão grande quanto um homem ser romântico? Homem não chora, mulher não goza! Homem não deve, mulher não pode... Vocês já perceberam isso?

Pois, quer saber? De experiência própria? Os homens são românticos! E não é piada. É verdade! Nas minhas experiências, eu comecei a observar e entendi que existem três categorias bem marcadas de românticos: o romântico Zé, o romântico Herói, e o romântico Gladiador. O Zé... Eu tive um namorado estilo romântico Zé, ficamos juntos por uma semana. E em uma semana ele transformou minha vida numa sucessão de belos e inesquecíveis momentos. Com dois dias, eu já era *Tchuca* e ele *Tchucão*. Me sufocou com tanto afeto! Tem, o romântico Herói, esse é aquele esforçado, coitado, mas com pouca sensibilidade! Ele sabe que a mulher precisa de atenção, mas sempre erra a hora de se manifestar. Quando a gente tá mais carente, ele tem baba; quando estamos frágeis, ele nos leva ao cinema... pra assistir *Rambo*. Resumindo: é um desavisado. E tem os românticos Gladiadores... Ah, esses são terríveis, eles erram sempre! Falam a coisa errada, muitas vezes são grosseiros, principalmente na frente dos amigos. Mas são os Gladiadores que nos arrancam da boca do dragão no momento mais perigoso do filme, com aquele corpo suado, aquela virilidade enlouquecedora! Será que não dá pra misturar tudo num pacote só? Sensibilidade, virilidade, gentileza, delicadeza, pra ser companheiro de verdade? Companheiro pros sonhos, pra acordar com a gente, pras contas do fim do mês, pra dizer que a gente tá bonita, mesmo na TPM, pra fazer a gente rir, pra criar uma história de amor feliz, e sem final!?

# ISAURINHA GARCIA

QUEM: Cantora brasileira, forte sotaque italiano, fala palavrões, bebe, fuma e ama.

STATUS: Possuída de ciúme e álcool.

*(Com uma mão na maçaneta da porta da rua e a outra entregando a mala de adeus.)*

Até tentar me matar eu tentei, por você, Wanderley! Agora é hora da sua partida. Não quero mais meu nome nessas bocas repletas de veneno... bocas que me odeiam, e querem me ver morta! Se é a Claudette Soares que você ama, é com ela que você deve seguir. Pegue seu rumo! Honre suas calças e se vá de uma vez! Ela nunca me desceu a garganta. Nunca fui com a cara da Claudette! Ah! Ninguém me ama como eu quero... Nem você me amou. Eu me separei para casar com você, Wanderley. Eu era casada... queria ficar com meu marido e sair com você às vezes... Eu sempre soube que você seria uma aventura fatal. Mas você não quis. Por quê? Você deveria ter ficado no Recife. Eu virei um troféu na sua estante. Eu fugi com você... me tornei sua esposa. Mesmo sabendo que esse amor poderia ser o meu fim. Suspendi o casamento por três vezes, mas não resisti. Eu sempre tive medo de você, e você sabe disso. Você era violento. As mãos enormes que deslizavam pelo piano, também tinham o peso do desprezo. Depois que me tornei sua mulher, o meu futuro se transformou num presente interminável. Você é um grande músico Wanderley, um grande artista... Mas nessa cara você não toca mais: nem pra beijar, nem pra bater.

# ARACY DE ALMEIDA

QUEM: Cantora brasileira, baixinha, gordinha e carrancuda, sempre com um palavrão cabeludo engatado na boca.

STATUS: Boêmia, num tempo em que isto, para uma mulher, não era bem-visto.

*(Entra no palco para cantar e percebe a plateia praticamente vazia.)*

Eu estou viva! Entenderam? Foi a minha carreira que acabou antes de mim. E é triste demais ver a carreira morrer antes do artista. Eu entornava muito! Não vou mentir. Eu já bebi muito na vida. Só *whisky* escocês ou vinho importado. Eu fui muito grã-fina, se você quer saber. Agora que eu tô grossa por aí! Aceito a vida como ela se oferece. Eu fui a famigerada Dama da Central. Morei minha vida toda na periferia do subúrbio da Central... o meu Encantado. E quer saber? Eu nunca gostei de cantar. Eu cantava porque tinha necessidade de cantar pra faturar. Gosto é de bordejar, gosto da noite e de um bom gole com os amigos. Homem é bom na mesa. Porque na cama... pra minha intimidade... hum. Pra mim o homem ideal nasceu morto. Tá me entendendo? Antes só do que mal acompanhada. Certa feita inventaram até que eu namorei com o Noel Rosa. Noel só gostava de mulata grande... Sempre fui fajuta pra ele. Mas nunca fui deslumbrada nesta vida. Nunca! Eu gravei uns quinhentos discos... por aí. Se liguem, geração cocadinha... geração pão com cocadinha: me respeitem! De samba e amor eu manjo um bocado. Depois que Noel Rosa morreu, eu deixei de gravar. Não vou cantar porcaria só pra faturar. E não tenho medo de ser esquecida nem topo vender disco a cinco cruzeiros. Cada um canta por onde pode! Prefiro virar jurada e quebrar o meu galho. Só não me faça gravar bagulhos... bagulhetes. Eu cantei Noel Rosa, meu filho! Alguns dias antes de ele morrer, eu fui visitá-lo. Ele estava acamado, amarelo, um fiapo... Mas mesmo assim me deu um último samba, e eu cantei pra ele... o Último Desejo.

# DALVA DE OLIVEIRA

QUEM: Cantora brasileira, grande dama da elegância e tragicidade.

STATUS: Ríspida com seu próprio coração.

(*Na saída da Rádio Nacional, cruza com Herivelto Martins, seu eterno amor.*)

Herivelto, tu me abandonaste na Venezuela. Fomos para essa bendita turnê, porque tu querias o dinheiro... e tudo deu errado. É certo, Herivelto, que não nos tratávamos mais como marido e mulher, mas nunca esperei teu abandono... não no momento que eu mais precisei de ti, não quando estávamos fora do Brasil, sem dinheiro nem para voltar pra casa. Tu me viraste as costas. Pois muito bem. Ali, naquele instante, o Trio de Ouro tornou-se o trio desfeito. Vieste embora para o Brasil, eu permaneci um ano na Venezuela com o Vicente Paiva, cantando em *cabarets*, e me refiz. Estou de volta e nada mais sinto por ti. Seguirei sozinha. A gravadora tentou obrigar-me a voltar para o trio. Tolos! A fama, para os que sabem entender, é muito boa: mas, às vezes, faz mal. Nunca corri atrás de fama e tu bem sabes disso. O que sempre quis da vida foi saúde, dinheiro e amor. Não tenho medo de recomeçar, não tenho medo de nada, Herivelto. Mas não dou sopa para o azar. Não atravesso uma encruzilhada sexta-feira à meia-noite nem que me paguem. Tu sabes que sou muito sentimental. Mas o amor da minha vida é aquele que estiver ao meu lado. Sempre evitei odiar, nunca duvidei de que o amor é maior que o ódio. Mas um é perfeitamente capaz de matar o outro. Não me queiras ver violenta... Não é qualquer balanço que me derruba. Não sou das que enjoam quando viajam pelo mar. Minha vida é um bolero, e o meu segredo é do povo. Voltei ao Brasil e a Gravadora Odeon vai me dar uma chance... uma chance única. Vou gravar uma canção... uma única canção... uma única chance de acertar e mostrar meu valor. E eu vencerei mais este obstáculo, sabes por quê? Eu cantarei os versos dessa canção com todo ódio e verdade da minha alma... Hoje, Herivelto, da minha boca escorre sangue!

# MAYSA

QUEM: Cantora brasileira, forte e virulenta, de uma beleza imperiosa.

STATUS: Com a força de quem luta para sobreviver a si mesma.

*(Sentada numa roda de amigos, cheia de garrafas e copos, enquanto ingere moderadores de apetite, misturados ao cigarro e à bebida.)*

Quando alguém me pergunta o que é amor, eu sinceramente não sei o que responder. Está certo: amor é uma palavra muito bonita, mas não define coisa alguma. Hoje em dia, acho que o meu maior ato de amor é cantar. E eu vou parar de cantar. A minha geografia não cabe mais na geografia do mundo. Eu não sou programada como um computador. Querem definir até o meu canto. Eu só sei cantar o que me dói por dentro. Sabe quando você, por uma questão de pele, não pode se juntar? A única coisa que eu tenho muito por mim é respeito. Eu sempre me machuquei muito. Eu não vou me violentar mais. Mas chega um momento que aquela dor não tá integrada dentro daquela que você tá sentindo, que passa por você, e te deixa alguma coisa. Esse lance de amor não me deixa mais nada. Pelo contrário... me tira a paz.

# ELIZETH CARDOSO

QUEM: Cantora brasileira, negra, elegante, cheia de fibra e muito digna.

STATUS: Passa por cima do coração para seguir íntegra.

*(Diante do homem que amou, saindo de casa com uma mala na mão.)*

Aos 10 anos, eu estava em porta de bar vendendo cigarros, e pagava 10 tostões por um prato de comida. Eu conheço a vida! Se eu namorei? Ora, mas tá! Namorei! E namorei muito bem namorado. Meu pai por muitas vezes tentou me controlar com seu chicote de marmelo... mas nem ele. Eu procuro encurralar todos os meus problemas para que eles não venham à tona. Ninguém tem nada a ver com isso. Eu vou morrer muito, mas muito feliz! E em cima do meu caixão coloquem a bandeira do Flamengo, do Bola Preta e da Portela. Assim, vou embora... mas vou feliz! Sempre fui de muitos amores. Mas os amores são lindos enquanto duram. Depois eu esqueço. Não vou ficar pensando em coisas que já acabaram... já aconteceram. Tenho problemas mais importantes para hoje: viver. Eu tenho meus momentos de solidão... em que eu me vejo assim, entregue a mim mesma. Mas... *"Estrelas vivem no céu sozinhas, sem amor, minha vida também vive só."*

# CACILDA

QUEM: Senhora, viúva, parece uma vovozinha, mas está descobrindo a vida.

STATUS: Abre-se para novas experiências.

*(Falando com o ascensorista.)*

Quarto andar. Homem que é homem de verdade cospe no chão. Acabei de ver uma cusparada... Tem algum homem por aqui. É uma bobagem enorme ficar procurando justificar, encontrar sensibilidade onde isso não é inerente. É como gozar e assobiar ao mesmo tempo. Impossível! Uma amiga minha de escola me falou isso um dia. Disse que no dia em que perdeu a virgindade, e claro que foi com o cara pelo qual todas nós éramos apaixonadas, foi tão bom, tão maravilhoso que na hora do orgasmo não tinha mais nada pra fazer além de assobiar. Disse que gozou e assobiou por minutos sem parar. Ou ela é uma louca, ou estava mentindo. Hoje eu sei que ela estava mentindo, só pode ser mentira. Passei anos da minha vida tentando assobiar na hora do orgasmo, e nunca consegui. Ela estragou pelo menos duas dúzias de orgasmos que eu perdi tentando assobiar ao mesmo tempo. Mas minha vingança é que uma pessoa que pensa na possibilidade de assobiar na hora de gozar não faz a menor ideia do que é gozar. Isso me ensinou muita coisa. E um dia eu vou encontrar com ela e vou desmascará-la, mesmo na terceira idade. Enfim! Voltando aos homens de verdade, tenho que confessar pra vocês que me irrita um pouco conversar com mulheres, principalmente se o assunto for homens. Eu tenho plena consciência de que sou uma mulher, de que tenho 66 anos, de que deveria falar de filhos, netos, novelas, e viagens de grupos de idosos, mas, aqui entre nós, não é a minha.

As conversas dos homens são sempre muito mais interessantes, e foi conversando com eles que eu fui entendendo os homens, aprendendo a decifrar as mulheres, e começando a me interessar pelas histórias de relacionamentos. Então, quando meu marido morreu, e eu me vi com tempo vago, resolvi fazer um curso de informática. Resolvi, não! Na verdade, eu estava no metrô, voltando do escritório do advogado que estava cuidando do inventário do meu marido, quando um mendigo, ou eu pensei que era mendigo, um senhor maltrapilho de seus 30 anos me parou e pediu um real. Eu disse que não tinha e fui passando, então ele replicou: "Então me dê um abraço!" Por 15 segundos, eu fiquei sem saber o que responder diante daquele rapaz com os braços abertos para mim. Abraço ou não abraço esse moço? Como assim, abraçar? Tarado? Não! Eu tô velha demais, e ele tem mais o que comer. Abraço ou não abraço? Não vi motivação suficiente pra abraçar aquele senhor, e respondi: "Eu sou viúva!" Até agora eu não sei por que eu respondi isso. Não me pergunte a lógica, eu apenas respondi, e pronto. O senhor gargalhou, tirou do bolso um panfleto, me entregou e disse: "É viúva? Vá fazer um curso de informática!" Foi assim. Guardei o panfleto. No dia seguinte, fui até a escola e me inscrevi. Depois de oito meses, terminei os quatro módulos, comprei um computador, aprendi a navegar na internet e pronto: estou aqui! Foi o curso de informática que me trouxe até aqui. É aqui, não é? A aula de sexo tântrico? Tô um pouco nervosa! Diz que são 40 pessoas na turma. Nunca fiz... Quero dizer... nunca vi tanta gente gozando ao mesmo tempo. Mas o que é a vida, não é? Eu mudei. Tô me abrindo pra vida, sabe? Se alguém me pedir um abraço, eu dou na hora. Sou assim, agora.... Feliz!

# MULHER PRA CASAR

QUEM: Pacata cidadã nervosa.

STATUS: Confinada nos seus conceitos de amor e relacionamento.

*(No final da fila do caixa eletrônico, falando com desconhecidos.)*

Eu to cansada de levar porrada da paixão. A gente faz cada coisa, né? Não gosto nem de lembrar! Corre atrás, se humilha, a gente acredita até a facada final. Todo mundo dizendo: "Olhe ele ali. Tá com outra!" E a gente virando a cara pra não ver. Até que a realidade passa por cima da gente que nem um ônibus descendo a ladeira da Água Brusca e a gente se arrastando no asfalto! Mas também, é aí que nasce a ira, vem a fera louca e toma conta! Olhe, gente, eu já fui de dar escândalo, armar barraco mesmo. Um estado tal de loucura de não enxergar nada pela frente. Até minhas amigas se afastaram de mim. Tô viva aqui por um fio! *(Quebra.)*

Quando eu era mais jovem, eu fiz uma lista com tudo que um homem precisava ser pra me conquistar. *(Tira a lista do decote.)* 1) Ser homem... Que hoje em dia tá difícil. 2) Ter noções básicas de higiene... Que também não tá moleza. 3) Não ser casado, nem ter filhos... Porque de carma basta o meu. 4) Ter emprego e dinheiro pelo menos para dividir as despesas... Isso nem precisa comentar. 5) Ser mais alto que eu e saber se vestir... Porque beleza é uma coisa relativa. 6) Que me satisfaça os instintos... Vamos desmistificar ,rapazes, não é o tamanho que faz a diferença, é a espessura! E 7) Querer casar comigo e ter filhos. É pedir demais? Pois muito bem, na primeira oportunidade eu me apaixonei loucamente pelo meu pior pesadelo. Ele não atendia a nenhum dos pré-requisitos, era o oposto de tudo o que eu planejei. Mas mesmo assim eu queria aquele chinelo torto... Quem é que explica o coração? Cabeça de mulher é pior que bolsa... tá tudo lá dentro, o desafio é encontrar. Essa história terminou tem anos e até hoje eu tô aqui falando disso feito uma lesa. Um dia, eu tomei coragem e fui atrás dele. Queria tentar reviver aquela história. História? Que história? Não tinha mais história. Aliás tinha, outra história. Ele já tava casado, com filho, curtindo a história dele. Pra ele, eu virei uma "lembrança boa". Ele disse que sempre pensa em mim, lembra da gente, de quanto me amou, que eu sou o tipo de mulher pra casar.

# SHEILA

QUEM: Gordinha vaidosa, usando roupa de academia bem colada.

STATUS: Desabafa, ciente de que ser feliz é uma escolha.

*(Entrando na academia, rebolativa, e percebendo os olhares de reprovação e desdém de outras mulheres, gordas ou magras.)*

Eu já fui tão traumatizada quanto vocês, algum tempo atrás. Qualquer piada me fazia chorar, minhas melhores amigas me discriminavam. Houve dias em que eu me senti a pior das piores. Então eu resolvi que iria perder peso e mostrar para elas de quê eu era capaz. Fiz todos os regimes que me ensinaram, fiquei magrinha, magrinha, só que eu me olhava no espelho e não me reconhecia. Eu não era mais eu mesma. Aquela Sheila era o que as outras pessoas queriam que eu fosse: era eu, mas não era eu. Me sentia vazia, sem identidade, sem rumo, caí em depressão total, drogas, álcool, só não a prostituição por que o mercado anda muito inflacionado. Comecei a comer compulsivamente, comer quando estava com fome, comer sem fome, voltei a engordar, engordar e engordar, fiquei mais pesada do que o que eu era antes. Aí, de uma hora para outra, eu me reencontrei comigo mesma. Descobri que eu nasci para ser gorda e que não precisa ser magra para ser gostosa. Descobri o prazer de viver, o prazer de ser o que se é! E descobri que vocês vão ter que me aturar, porque eu sou bonita, eu sei disso e eu uso isso. Bom dia pra vocês também!

# DARLENE PEREIRA

QUEM: Mulher passada dos 50, colada num vestido a vácuo.

STATUS: Quase uma reflexão sem destino.

*(No bar com as amigas, Darlene percebe que mais da metade das mulheres são solteiras, como ela. Fala sem olhar para ninguém em especial.)*

O mais injusto nesta vida é que a gente não escolhe a quem amar! *(Pausa. Ri.)* Eita, que hoje eu tô pronta pra tudo: chorar, me rasgar toda: fazer um escândalo. Mas tem que ser assim, né? De tragédia e de mutante a nossa vida já anda cheia! Quem é que não tem na sua história alguns daqueles relacionamentos falecidos por morte natural? Aqueles que vão murchando até... puf... desaparecerem no ar? Outros mortos por cânceres intensos, com sofridos processos de quimioterapia, durante meses e meses. Desses não fica nem a saudade. Uns outros três mortos de infartos fulminantes. Tipo: pá-puf! E aqueles que não vão embora nunca, ficam internados nos hospícios daqui do nosso peito. Esses, meus amigos, precisam ser medicados sempre! E o pior é que a gente não consegue se livrar desse cemitério sentimental assim tão fácil. Por isso eu quero dedicar essa noite para todos os meus cadáveres, aos meus loucos, moradores de mim, do meu peito. *(Quebra.)*

Misericórdia! Eu levei tanto pontapé, minha gente. Óbvio que no sentido figurado! Fui ao céu e ao fundo do poço. Mas fui tão fundo, tão fundo, tão longe que nem um jegue eu encontrei pra me trazer de volta. *(Ri.)* Foi muita dor que eu já passei por amores. Mas será que sou eu que quero demais? Será que esse tal de amor é só isso que andam me oferecendo? *(Levanta e vai até as mesas do bar.)* Onde está o romance, minha gente? Todo mundo querendo amar, falta o quê? Onde estão os galanteios? Hein, rapazes? As rosas? Os jantares a luz de velas? As declarações de amor? As serestas? *(Pausa.)* A gente quer assim! Bonito! Com poesia! No fundo, mesmo depois de tudo que eu vivi, eu ainda acredito que todos os amores podem ser eternos. Mesmo aquelas paixões bem ordinárias, de uma dança, um olhar, todos são eternos. *(Comenta:)* Já deu para perceber que eu sou uma maluca, né? Maluca, maluca beleza! Confesso: sou digna de internação. Entrego meu coração sem medo. Quer me conhecer? Essa sou eu! Darlene Pereira. E esse aqui é meu peito aberto pro que der e vier! Sou escandalosamente romântica e ponto final!

# JULIA

QUEM: Mulher moderna e sozinha, triste e equilibrada.

STATUS: Rodopia na cama.

*(Sem se aguentar, levantando da cama e ligando para o terapeuta no meio da madrugada.)*

Eu não estou bem! Eu sei que palavra tem força... essa coisa toda de neurolinguística... mas eu realmente não estou me sentindo bem. Era para eu estar feliz, radiante, afinal eu fiz tudo o que o Dr. Ernesto me aconselhou?! O reencontro comigo mesma... Eu vou ligar para ele. *(Vai até o telefone, pega um cartãozinho e disca decididamente.)* Alô, por favor, é da casa do Dr. Ernesto? *(Pausa.)* E ele está? Ah, é ele? Aqui quem está falando é Julia, sua paciente, Julia Lacerda. Não sei se o senhor lembra que me deu seu número de telefone para qualquer emergência. Bem, eu não sei direito se esta é uma emergência, de verdade, mas eu não resisti e resolvi telefonar. Eu sei que o senhor pode achar que eu me precipitei e como sempre coloquei o carro na frente dos bois e derrubei todos os dominós que estavam enfileirados, mas, no momento, pareceu importante. E eu me lembro bem que o senhor disse que eu poderia telefonar se sentisse necessidade. Resumindo, eu só estou telefonando porque o senhor disse que eu poderia, se quisesse. Não quero incomodá-lo de jeito nenhum, aliás eu já estou achando tudo isso uma grande bobagem, eu não deveria ter ligado. Acho melhor colocarmos uma pedra em cima dessa ligação. Nos vemos segunda-feira no horário da consulta. Não se preocupe comigo, doutor Ernesto, eu estou ótima, ótima mesmo. Estou fazendo aquilo que o senhor mandou, me reencontrando comigo mesma... e sabe que eu estou gostando mais de mim agora do que quando eu tinha 20 anos? Estou começando a acreditar que a mulher se torna realmente plena aos 30. Que bobagem a minha, aquilo de ter medo de completar 30 anos, eu estou ótima, não estou, doutor? Ontem mesmo, um cara lá na padaria disse que me dava no máximo 28 anos. Claro que ele estava me paquerando e é óbvio que depois que ele disse isso eu me apaixonei, dei meu telefone, endereço, tudo. Não que eu esteja me sentindo carente, depois que Silvio me deixou, mas foi porque um elogio sempre faz bem à alma feminina, não é, doutor Ernesto? Bem, foi um prazer falar com o senhor, desculpe incomodar e até mais. *(Desliga o telefone.)*

# CANTORA ESCANDALOSA

QUEM: Cantora exuberante, linda, leve e solta.

STATUS: Quer ser amada.

*(No palco, entre uma canção e outra.)*

A verdade é que certas emoções me alcançam, cortam minha alma sem dor. Certas canções me chegam assim, como se fossem o resumo de um amor: concentrado, contundente, definitivo! E eu não corro, não fujo, eu me rendo. Para mim o amor é sempre uma possibilidade deliciosa. Quer saber? É porteiro? Venha! Motorista? Venha! PM? Caixa de banco? Venha com tudo, pai! Venha da internet, da padaria, da rua, da micareta, não tô nem aí pro seu currículo, viu? Só dou uma olhadinha, por segurança, nos antecedentes criminais. Não roubou, não matou? Seja bem-vindo à minha vida! A vaga é sua. Tem direito a remuneração sexual, *ticket* carinho e vale-soneca aos domingos e feriados. E quem quiser que me critique! Quem paga minhas contas sou eu! E quem quiser gostar de mim vai ter que ser assim descabelada, a roupa toda descombinada. Sem batom, sem brinco, sem nada. Coberta de pelos nos braços, nas pernas... A sobrancelha apinhada... Vai ter que amar Monga, a mulher macaca! Quem quiser me amar vai ter que aceitar todas... todas as mulheres que existem em mim!

# SENHORA

QUEM: Uma senhora decente.

*STATUS*: Mergulhada em memórias.

*(Durante o chá, arruma foto antigas.)*

Sempre tem alguém mais infeliz que a gente! Lembro de uma mulher, era nossa vizinha, quando eu era criança e morava lá perto do mar. Era uma mulher sozinha. Mamãe dizia que ela era louca, a louca do sótão. Mas nem sempre foi assim. Ela se chamava Flora. Todos os dias, pela manhã, ela saía para as compras, na volta passava por mim, mexia no meu cabelo e me dava uma laranja. Da nossa casa, podíamos ouvir os gritos que vinham da casa dela. O marido dela gritava! No começo eram apenas os gritos dele, do marido, gritava coisas horríveis, derrubava os copos, fazia o diabo. Lá em casa, todo mundo fingia não ouvir. Ela não dizia nada, às vezes eu até pensava que ele falava sozinho. E, no outro dia, de manhã, lá estava ela, saindo para as compras, linda como sempre. Até que um dia, depois dos gritos dele, ela gemeu. Gemia e gritava, gritava muito, gritou a madrugada toda. Naquela noite, ninguém dormiu na minha casa, ficamos sentados na sala, ouvindo os gritos dela, que não pararam um só momento. No dia seguinte, ela não saiu para fazer compras, não mexeu no meu cabelo e nem me deu uma laranja. Nunca mais ela saiu de casa. Só um dia: era assim, fim de tarde como agora, ela se arrumou toda, como se fosse para uma festa, e saiu. Eu gostava dela por isso, parecia sempre que estava saindo para uma festa, o cabelo preso, o vestido florido, linda. Quando ela saiu, depois de tanto tempo, fiquei tão feliz, mas ela passou por mim, como se não me visse, também não tinha aquele sorriso na boca e o cabelo estava solto. Mais tarde, quando ela voltou, ele já estava em casa. Novamente os gritos dele, os copos na parede, os gemidos dela, só que, desta vez, logo parou tudo, silêncio. Desde este dia, ela passou a viver no sótão da casa e nunca mais saiu. Logo nos mudamos daquela casa, as pessoas falavam mal da minha vizinha, diziam que não era de bem, que traiu o marido. Eu sabia que no dia seguinte eu iria embora e nunca mais nós nos veríamos. Por isso, naquela noite, eu fugi de casa e fui me despedir dela. Estava chovendo, eu bati na porta, ele abriu, não me perguntou nada, apenas me deixou subir. Fui até o sótão, ela estava sentada perto da janela aberta e a chuva estava tão forte que o chão já estava todo molhado ao seu redor. Nenhum olhar, nenhum movimento, nada. Era como se ela bebesse o vento frio, e as rosas do jardim, destruídas pela chuva, com suas pétalas, invadissem a janela e a penetrassem pela boca e pelos olhos. Os espinhos a estavam rasgando por dentro. Foi o que eu pensei na hora, coisa de menina! Mas era como se ela tivesse pego o seu coração inflamado, e lançado nas ondas daquele mar cinza, cinza de chuva. Eu fui embora, mas aquela imagem não saiu da minha cabeça, nunca. Vai ver, ela também não queria ouvir o marido, mas ouvia. Dois dias depois da nossa mudança, a cidade toda comentava. "Morreu a louca do sótão!" O diabo é o espírito desencantado, que no inverno não passa de brisa e orvalho.

# CONTADORA DE ESTÓRIAS

QUEM: Velha bruxa de histórias infantis.

STATUS: Pragueja sozinha.

*(Numa floresta encantada.)*

Eu juro dizer a verdade, nada mais que a verdade!
Até que eu diga uma mentira.
Mas garanto que não será nada mais que uma mentira!
Tem coisa que acontece que observando eu fico.
E outras que nunca mudam, seja no pobre ou no rico:
Velho jogar dominó, e velha contar fuxico.
E a história de agora é o causo de uma veia.
E num é que a tal bichinha diz que chama Carochinha?
E que o tal do livro de histórias, sumiu da casa dela, e da memória?
É um assunto polêmico, não dou minha opinião.
Dizer que alguém, por ser veinho, não é honesto, é falastrão.
Mas sabendo que este é irmão deste, peço a todos que me escutem,
E abram olhos e ouvidos, e que fiquem bem atentos,
Pois camarão dormindo a onda leva,
E maré baixa encalha canoa.
O que o olho vê, depois o bicho come
E ninguém viu, ninguém vê.
Depois não vá dizer que precisa ver pra crer.
A cavalo dado não se olha o dente,
E veia banguela num tem mais o que perder.

# PROFESSORA CATASTRÓFICA

QUEM: A rabugenta mestra de matemática.

STATUS: Sente-se uma bruxa.

*(Na sala de aula.)*

Atenção classe, hoje eu não vou fazer chamada, também não vou me desgastar. Doce engano!... Estou aqui para ensinar e vocês para aprender. Quem quiser aprender: aprenda; quem não quiser pegue seu banquinho e saia de fininho. Quero todo mundo com papel e caneta em punho. Vou começar a minha aula e talvez esta seja a última das aulas. O tema de hoje é a vida. Um tema dramático, trágico, desesperador, eu diria. Eu realmente me questiono o que é que vocês estão fazendo da vida? Sentados nessas poltronas tranquilamente, como se o mundo estivesse salvo. Como se estivesse tudo caminhando para um futuro próspero e feliz. Vocês acreditam nisso? *(Coloca laquê no cabelo.)* Doce engano!... Turma: o mundo está acabando e o que vai restar é só o bagaço. Vocês me entenderam? Acho que estou falando grego! Vou repetir: o mundo está acabando. Ninguém vai fazer nada? Vai ficar todo mundo me olhando com essas caras de paspalhos? Doce engano de vocês. Já vi que a média desta turma vai ser menos cinco. Zero vai ser pouco. Se alguém não fizer alguma coisa, babau! Ninguém vai se mexer? É, para que se preocupar com o amanhã, se ele acaba depois de amanhã! Não é assim que vocês pensam? Eu estou cansada! Cansada de tentar semear sabedoria no deserto. Quero avisar uma coisa: estão todos enganados. Doce engano de vocês! Vocês são como camelos perdidos no Saara. Se não morrerem de calor, vão morrer de sede. Vocês acabam com meu penteado, *(coloca laquê no cabelo)* vocês me tiram do sério. Lecionar é um martírio, vocês me envelhecem. E para quê? Para que tudo isso? Vocês acreditam mesmo que a vida é uma sucessão de sucessos que se sucedem sucessivamente sem cessar? Só quero avisar uma coisa: o amanhã de ontem é hoje, viu!? E o hoje... Não passa de hoje mesmo. O nosso planeta é uma bomba-relógio, prestes a explodir. Estamos a um passo do fim de tudo, o fim dos tempos está a um passo de nós. Não vai ter saída, não vai ter salvação. É a hecatombe! A hecatombe! *(Gargalha.)* Acabou a aula! Salve-se quem puder!

# ELZA

QUEM: A cantora no camarim.

STATUS: Exausta de cantar.

*(Enquanto tira a maquiagem e o figurino.)*

Já fui gorila, cachorra, leoa, já me fizeram de gato e sapato. Já fui tudo o que foi preciso nesta vida. Quem não sambar no ritmo fica fora do desfile, meu bem. E eu gosto, eu adoro vir no carro abre-alas... Linda! Brilhando! Eu sempre fui muito abusada, nunca me neguei a vestir a fantasia que fosse pra chegar aonde eu queria. Aonde eu queria, não, aonde é o meu lugar. Pode me encher de balangandãs, de pulseiras, correntes, bote na minha cara a máscara que for preciso, só não me impeça de cantar. Aí eu fico louca, rasgo tudo, perco a rédea. Que mal tem fingir ser isso ou aquilo? O que é que a gente é, mesmo? É cada um querendo arrancar um pedaço da gente. Leva logo toda! Não tão me vendo aqui, não? Arrancam minha perna, meu braço, metem a mão no meu peito e empurram meu coração pro estômago. Mexem dentro de mim como se estivessem limpando uma privada. E eu vou ficando sem um dente, sem unha, sem vergonha de ser banguela. Quem olhar de fora de mim vai dizer: Que mulher é essa? Me levaram tudo! Tudo! E olhem... Podem tomar nota do meu patrimônio... Deixaram muito pouco pra mim. As lembranças? Essas o tempo apaga. Às vezes, até pra lembrar a cara, só pela fotografia. E eu tenho muitas, dezenas de fotografias guardadas...

# SINHÁ

QUEM: Mulher matuta e sertaneja, cor de barro da cabeça aos pés.

STATUS: Cuida da vida dos outros.

*(Da porta de casa, conversando com os vizinhos.)*

Pois muito bem, a história dela foi de sangue. Era moça faceira, cheia de fogo nas venta... cheia de cambito, de traseiro. Aproveitô que as carne ainda tava dura, se amarrô toda de pano e se bandeou pra cidade grande, achando coisa demais da conta. Chega saiu daqui limpando os pé pra não levá o barro do fim do mundo. Me foi um tal de recebê carta dessa menina, tudo cheia de selo da cidade grandona, com as letrinha torta, tudo escrito de colorido. Ela dizia que a cidade grande era pepepê, que a cidade grande era pepepê, que a cidade grande... Que pepepê, que pepepê, tudo, tudinho de coisa boa de vivê. Só que num dia as carta pararo tudo. Nenhumazinha mais pra contá história. Coroné, o pai dessa menina que tinha nome de santa e dispois virô Sirigaita, ficô nos casco e mandô os cabra atrás da menina. E num é que naquele mundão de lugá que é a cidade grandona, eles acharo a peste da menina e truxero de vorta? Mais melhó era tê deixado a menina por lá. Vortô que nem o pai reconheceu as fuça. Toda arrebentada, toda lascada, diz até que vortô com o bucho cheio, por isso casaro ela com Sinhozim da Farinha às pressa. Entrô na igreja toda de branco, parecia o cão, toda estrupiada, a cara torta, mancando, caolha, um diabo. Num foi moleza, mas dispois a gente soube de tudo que se assucedeu pelos lado de lá. Dispois ela diz que chegou na cidade, danada de rebolá, cada home que cruzava queria tirá uma lasquinha. E puxaro os peitcho, e passaro a mão por onde bem quisero. Num dia, ela saiu pra achá emprego, queria vivê qui nem gente da cidade grandona. Hum, ela não sabia ainda que gente de cidade grandona é diferente, tem mais sangue que nóis. Um véio feio deu lugá pra a menina encostá e mandô a coitada lavá os prato, limpá as sentina e ela foi toda garbosa. Só que, de noite, ele juntou ums home de cidade grande e expremero a coitada na parede, jogaro no chão, rasgaro as roupa, rasgaro ela, batero, cumero as coisa dela, e ela não pôde fazê foi nada. Era casa de família, no outro dia a mulé do véio mandô ela embora, procurá outro lugá pra trabalhá e ela saiu meio amalucada. A cabeça mole, as ideia torta. Na rua as pessoa fugia dela, pensando que era ela que queria fazê as maldade, tava com uma cara de bicho e fedida de tudo. Foi pará nas mão da polícia, que levô pra um hospitá sem remédio e deixaro ela no corredô esperando remédio. E ela esperô, e ela esperô, e ela esperô, e ela... Os cabra do pai dela chegô e truxero ela pra cá de vorta. O povo daqui, quando soube que ela se deitô com um bocado de home na cidade não quisero conversá, passaro a chamá a menina de Sirigaita. E o marido dela fico foi calado. Tem hora que falá é mais pió que tudo.

# MAL-AMADA

QUEM: Mulher que já foi muito bela, hoje sofrida, rasteja pelo amor do marido.

STATUS: Precisa ser vista e amada.

*(O marido está na porta de saída com a mala na mão.)*

Grita! Faz teu escândalo e te prepara pro meu malandrinho! Diz que vai embora. Mas agora não! Na hora do meu *show* não sai ninguém. Gosto de plateia cheia. E nada que saia da tua boca vai me ferir. Eu só não fui puta por falta de tempo! Ah, malandrinho! Eu sou tanta coisa... Sou feiticeira, sim, sou santa, Nossa Senhora das Dores, Dos Prazeres, sou vedete com as pernas de fora. Sou Rosa Morena pra Dorival, sou a louca que chegou desesperada pra Adoniran Barbosa, sou dura na queda... Sou o que eu quiser. Mas, mesmo assim, a noite que nasce pra mim, linda, cheia de lua, vem de ti... Minha noite vem nos teus braços. Não ficou nada teu em mim, garoto! Eu só dei meu menino, eu fiz tudo por ti. E pode baixar essa mão! Na cara, não, meu irmão. Na minha cara só bate quem eu quero. Na minha cara nem meu pai bateu. E você não está autorizado... *(Cínica:)* Pelo menos no momento! Não acabou, malandrinho! Eu conheço macho quando não quer mais. Você não é meu primeiro... Quando acaba de verdade... é em silêncio... pega a mala e sai. Quando grita, quando berra assim, é vontade, é desejo. Eu tô presa na tua noite, e tu no meu sol. Tu vais me levar sentada bem em cima do teu sonho? Meu menino! Não me jogues fora.

# MARLENE, A RODRIGUEANA

QUEM: A esposa infeliz.

STATUS: Dócil e perversa.

*(Entrando no quarto do casal. Traz na mão uma xícara de café fumegante, com a qual contracena todo o texto.)*

Trouxe seu café! Está quente, como gosta. Não pense, porque estou seguindo a vida, que esqueci do ocorrido. Sou capaz de matar se duvidar. Duvida? Não brinque comigo, Agnaldo! Sabe bem que sou fraca dos nervos, uma gelatina. Tive um derrame com 22 anos, posso ter outro a qualquer momento. Sou uma gelatina, mas capaz de matar quando escorrego de mim mesma. Às vezes isso me acontece sem que eu perceba, já estou fora de mim. Escorrego de mim mesma e pronto, está feita a coisa. Quando você me disse: "Não há nada, querida! Regina é tão gorda! Você sabe que prefiro as ossudas." Tinha um não sei quê em você! Não sabe a aflição que me deu. Naquele dia, não comi mais nada. Uma lágrima ficou presa na minha garganta. Não coloquei nem vento na boca, fiquei muda como uma múmia. Você me fez uma múmia, Agnaldo. O dia inteiro pensei em você deitado com toda aquela carne branca em cima de você. Os dois na cama! Tive nojo! Por isso vomitei em você. Quando me tocou, pensei na gorda e vomitei. Sou assim, meu filho, fraca dos nervos, e você sabe como sou. Desde aquele dia, tudo mudou entre nós. Não sou mais a mesma Marlene, me conheço, não sou. Tenho verdadeiro pavor de engordar e vomitar com a minha própria imagem no espelho. Tive ódio da gorda, e sei que ela não gosta de mim. Pior pra você! Me trair com a gorda é dupla traição.

Se ao menos ela gostasse de mim... mas não passa um dia aqui na porta sem me dizer um dichote. Passa obesa e me cumprimenta: "Oi Marlene! Como está o senhor seu marido?" Me provoca! E o pior, ontem, quando ela passou, eu golfei todo o meu almoço, tudo misturado. É, aquele golfo sem querer. Eu estava sorrindo para ela da janela, quando me veio o golfo na garganta e não consegui evitar. Me escorreu a vergonha. Me tranquei no quarto e chorei como uma boba.

*(Começa a tomar o café da xícara que segurava. Vai tomando goles e alternando com a fala, daqui até o final.)* Ai, ai, três dias já que não choro! Foi depois do golfo que percebi. Como uma visão, entendi que não havia mais lugar neste mudo para nós três. Um de nós teria que morrer. Só a morte pode resolver isso. Essa certeza me cegou e desde então busco uma maneira de matar a Gorda. Uma arma de fogo não conseguiria. Fraca dos nervos como sou, não acertaria a direção da bala. Pensei em empurrá-la da escada da igreja, mas, com toda aquela carne, não daria em nada. Então pensei em convidar a Gorda para o churrasco de domingo e, numa distração, enfiar o espeto de calabresa em sua garganta. Sei que isso sou perfeitamente capaz de fazer. Posso até não resistir à imagem da Gorda com a boca arreganhada, com o espeto cheio de calabresa lhe atravessando a garganta, e vomitar. Mas aí o fato já estará feito e consumado. Espeto!!! Passei dias só organizando, até ensaiei como simular... tomaria um tropeço. Todo mundo tropeça e... hum! Espeto na Gorda! Imagine se eu serviria à Gorda na boca a calabresa que o meu marido comprou para o churrasco. Ela, se fosse menos burra, adivinharia, e quando oferecesse um pedaço, ela responderia: Não, Marlene, está muito gorduroso! É a cara dela dizer que a minha comida está muito gordurosa! Imaginar que essa vizinha já frequentou a minha roda! Agora é você, Agnaldo, quem anda

frequentando a roda dela, não é? Deve ser uma roda bem grande. Oferecendo calabresa pra qualquer vagabunda gorda! Sinto tanta raiva de você! É um sentimento tão ruim, tão ruim que se torna bom. Sabe que, desde que tomei a bendita decisão, não vomitei mais? Estou forte, meu filho, como uma pedra! Vou sair dessa muito melhor! Sempre fui para você a melhor das esposas. Você mesmo dizia isso sempre: "Filha, você é a melhor das melhores!" Até que tudo desmoronou em nossa casa por causa de Regina, a Gorda maldita! Não foi difícil perceber a sua mudança, tudo ficou muito claro. Você começou a comprar umas carnes cheias de gordura! Isso já era um indício. Tenho certeza de que come o bife com gordura e pensa na vagabunda obesa. Foi nisso que pensei no ato da decisão. De que adiantaria matar a Gorda e viver o dia a dia com esse incômodo? Como posso continuar casada com você? Existem dezenas de gordas soltas por aí. Então tomei a bendita decisão, da qual falava há pouco. Quem deve pagar pela cachorrada é você. Por isso coloquei veneno no seu café. Eu... eu... *(Ela olha para a xícara de café envenenado na sua mão e cai.)*

# ROSA DO MORRO

QUEM: *Crooner de boate.*

STATUS: No final da madrugada, sozinha.

*(Caminha sozinha, vendo casais aos beijos; de longe, vê seu grande amor nos braços de outra qualquer.)*

É assim, como um samba vadio... o amor nasce e morre de graça. Não precisa pagar nada. Morre de graça um amor que poderia ser grande! Eu nunca gostei de passar de boca em boca. É bom parar com essa cantoria com meu nome. Vamos esquecer essa história de amor? O meu expediente sentimental já terminou faz tempo. Eu amei uma vez, e tomei um tombo de quase morte. Amei outra vez, e o escorregão foi pior ainda. Com você, eu vi o buraco e disse: "Ai, meu Pai! Lá vou eu cair outra vez!" Dito e feito. Queda livre. Caí com tudo, caí de boca. Afinal: errar ainda é humano! Não é verdade? De cobra criada eu já ando mordida. Vamos tocar esse *show* pra frente? Não gosto de arenga pra cima de *muá*! No meu bozó, cachorro não mete o focinho, tá me compreendendo? Onde se ganha o pão, não se come a carne. E a carne mais barata do mercado não é a minha. E se me perguntarem: O que restou do amor? Restou cansaço, e um versinho que eu fiz e que é mais ou menos assim: *"A gente cantando junto é um coral, mas se amando, meu nego, é infernal!"* Tá me compreendendo? Ou vou precisar soletrar? Se manda do meu terreiro, que aqui quem cisca de galo agora sou eu!

*(Fala para alguém no bar:)* Dá mais uma dose, aí, que eu nunca fui santa. E se milagre fosse bom, igreja não vivia de esmola, e hóstia

era prato principal na mesa de bacana. Tá ouvindo não, ô? Nem papagaio canta de bico seco. Manda a dose dupla, aí, e não enche o saco, que a noite ainda nem nasceu. Hoje eu tô a fim é de rasgar a rotina em pedacinhos, bem miudinhos, e soprar pra longe de mim. *(Para a plateia:)* E o que é que é? Nunca viram mulher largada, não? Dá pra alguém me ajudar a traduzir "dor de cotovelo" pro inglês? Como é que fala "pé na bunda" em grego? Agora sou eu e vocês! *(Chora.)* Por quê, senhores, cada amor é como uma mordida? Sempre termina levando um pedaço da gente? João, José, Miguel... Não interessa o CPF, é tudo a mesma coisa. Vou confessar pra vocês... a pior das verdades. É por essa dor que eu canto. Eu só sei falar cantando. Só sei sofrer amando. Que, fora coração, eu tiro de letra. Ah, se ele soubesse que era só me trazer uma flor...

# ATO DE FALA – CENAS PRETAS: E A VOZ QUE ECOA DO MEU GRITO

*(Repetindo a mesma frase de todos os dias diante do espelho.)*

*Desejo fogo no peito de cada um e sonho no punho de todos nós!*

# GRIÔ

QUEM: Senhor negro, sábio, contador de histórias.

STATUS: Diante de um país que não sonha, faz o seu testemunho.

*(À sombra de uma frondosa gameleira, diante da comunidade em silêncio.)*

Não há nada a dizer que já não tenha sido dito.
Ah... nós, velhos, temos muita pressa.
A vida escorre entre os nossos dedos,
e se tem uma coisa certa, dormindo entre outras certezas,
é que não sairemos dessa história com as mãos abanando.
Não é esta a história que vou deixar sobre o meu povo.
Era uma vez um rebanho que, a vida inteira,
atravessou o mundo procurando paradeiro.
E pelo caminho escapou dos perigos,
e algumas vezes foi vencido.
O rebanho tentou seguir o caminho
ignorando o uivo dos que desejam devorá-los.
A travessia não tem fim, é o fim que acaba.
Eles ainda não entenderam que nós já aprendemos
que é a união do rebanho que obriga o leão a se deitar com fome.
Não seremos presas fáceis na boca dentada de ninguém!
E só existe futuro se o presente já for negro!
A gente não aceita mais alimentar a ignorância de ninguém!
Um dia... uma onda virá
E, como uma enchente, vai levar do nosso caminho
todos os pensamentos perversos para bem longe.

Essa onda vai começar dentro das cabeças,
como uma explosão no ori de cada um!
Um novo ayiê se formará.
E isso começa aqui entre nós.
Precisamos aprender a abraçar os nossos,
E a contar, juntos, a nossa versão dessa história.

# FEITICEIRA

QUEM: Mulher negra de Oxum, com olhar misterioso e mãos que dançam no silêncio.

STATUS: Nunca sozinha e sempre encantada.

*(Diante do exército inimigo, defende sua comunidade.)*

Está chegando o dia!
E não diga que não ouviu,
Que não sabia,
Que não viu!
Não grite da sua janela que a nossa luta é perdida.
A minha boca não é banguela, minha pele já tão ardida.
Tome seu rumo, o dia tá aí.
Tome prumo, pra levantar e surgir.
Chega! Acabou a festa no salão.
A festa é na rua.
Agora eu não aceito "não", a minha alma tá nua.
Nessa história mal escrita, ninguém quer ser vilão.
Não vai ter vírus nem polícia, nem engravatado de plantão.
Não aceito medidas provisórias, são transitórias todas as leis.
Só aceito a vitória,
É só com glória que termina uma bela história.
E quem segue de pé, arrastando este país pra frente,
Não tem medo, só fé.
Mulher preta não mente!
Você sabe que é minha gente preta, que embala filho com fome,

Não nega peito nem faz careta,
Na hora que aperta o cinto, não some.
Está chegando um novo tempo, um tempo lindo e forte,
Que vai banhar esse momento cobrindo o país de sul a norte.
É o tempo da batalha vencida, de luta, não de correr.
Depois dessa dor de parida, só conjugo o verbo vencer.
Podem aguardar o novo tempo!
A nova hora é agora,
Não se iluda, fique atento.
O novo tempo...
Já nasceu!

# NANÁ

QUEM: Uma jovem atriz negra.

STATUS: Exausta de desejos.

(*No silêncio do seu quarto, conversa com a boneca de seu tempo de menina.*)

Eu tenho saudades da menina da Bahia, sambadora pretinha cheia de dentes,
Que olhava pro céu repleto de estrelas e pensava,
Imaginava que o céu era como uma colcha, cheia de furinhos por onde passava a luz.
Aquela menina acreditava que tinha a pele da cor da noite,
E que por isso também tinha direito a ela.
Que podia ser rainha!
Ah, como eu odiei essa menina!
Como ela era cretina, e boba, e linda, e louca.
E quando a vida real começou a arrancar meus pedaços a dentadas,
E violar meu corpo feliz de artista, eu pensava nela,
Eu odiava mais e mais aquela menina.
Mas ela mesma se encarregava de lamber as minhas feridas,
Remendar os pedaços... e dizia: "Desiste não, nêga! Teu dia vai chegar!"
E a história se repetia:
"Nossa, como você canta bem, pena que não tem papel pro seu 'tipo'!"

"Seu sotaque é um problema, menina!"
"Pra uma negra, até que você lê bem!"
"Talvez ano que vem a gente monte algo sobre Zumbi!"
"Tem um teste pra novela, é a empregada! Você tá disponível?"
Dentada atrás de dentada!
Até hoje, toda noite, eu durmo coberta com uma colcha bem grossa,
Dos pés à cabeça,
E com a luz acesa.
Sabe pra quê?
Eu fico vendo os furinhos por baixo da colcha,
E ainda acredito que o céu é todo meu!
Eu estou sempre pertinho das estrelas!

# BRASILEIRO

QUEM: Homem negro.

STATUS: Deseja tocar fogo nos racistas.

*(Preso mais uma vez na porta giratória do Banco onde guarda seu dinheiro, falando enquanto tira toda a sua roupa, até ficar pelado.)*

Eu sou filho da poeira, da mata e da capoeira, da terra e do sertão.
Eu sou filho da pobreza, da dúvida e da incerteza do solo deste chão.
Eu carrego comigo a ciência e tenho plena consciência das lembranças do passado.
Eu carrego em mim toda sabedoria,
E na pele preta tenho tatuada a força do meu passado,
E faço questão de expor isso por onde eu vou.
Eu não fui liberto, eu não sou fugido, eu não sou protegido e nunca fui caçado.
Eu não sou só mais um negro brasileiro.
Eu sou a volta, o retorno e o recomeço dos meus mais velhos.
Eu sou porque eles são.

# NELSON MANDELA

QUEM: Líder negro com cabelo alvo e olhar profundo.

STATUS: Entre a sombra e a luz, entre o desejo de matar e salvar, ele pondera.

*(Sentado, respondendo a um bando de jornalistas.)*

Você me pergunta qual é a minha inspiração pra seguir ainda hoje na luta?
A minha língua trava entre os dentes e não tenho resposta.
Eu não preciso de inspiração pra ser quem sou!
A minha vocação vem das mulheres e dos homens
Que surgiram em todo o globo terrestre,
E escolheram o mundo como o teatro das suas operações.
Aquelas e aqueles que lutam contra as condições desumanas,
Que não promovem o avanço do nosso tempo.
Nada cresce em nenhum lugar.
Todo dia a humanidade morre um pouco.
Homens e mulheres que lutam contra a supressão da voz humana,
Que combatem a doença, a intolerância, a ignorância, a pobreza, a fome.
Alguns são conhecidos, outros não.
Você me conhece. Eu não conheço você.
Essas são as pessoas que me inspiraram: os que eu não conheço.
Esses somos nós!
Esses somos todos nós.
Negros da África do Sul, da África do Brasil, da Bahia, do Rio.
Esses somos nós.
Nós não precisamos de inspiração para sermos quem somos!
Só temos que honrar os homens e mulheres de boa-fé!

# NZINGA

QUEM: Líder negra, astuta e certeira.

STATUS: Tenta emprestar, a um grupo, um pouco da sua coragem para seguir.

*(De pé, falando para um quilombo em frangalhos, após mais uma batalha sangrenta, em que muitos morreram pela causa.)*

Em cada cara preta tem uma história escrita com tinta.
E qualquer um de vocês, pode ler, sem medo.
A história é nossa! Também é de vocês.
Cada marca na minha pele é herança,
Me pertence, e ninguém pode remover.
Nada apaga a dor sentida.
E não há por que sofrer pelo que doeu.
Não tento esquecer o que foi vivido.
Vivência é pra ostentar, alimentar a memória, preservar, engrossar a pele.
Cada curva de uma mulher preta, como eu, é virada de mesa.
É virada de jogo.
É uma nova chance pra agarrar na unha o bicho que come você por dentro.
Ouçam a minha fala.
Minhas irmãs!
Hoje!
Não tem escape, não tem disfarce, não tem prece ou fé alheia, que nos faça arrancar nossos cabelos...
Nossos cabelos crespos...
Nosso cabelo duro

Nosso cabelo estará sempre de pé.
Em cada mulher negra, como eu, um oceano se compõe.
Em cada Regina, Maria, Ana, em cada Dandara, vive um mundo inteiro.
Em cada uma de nós nasce e morre a existência deste país.
Enterre os finados e cuidemos de amamentar os sobreviventes.
A guerra está só no começo.

# DANDARA DOS PALMARES

QUEM: Mulher nobre com olhar de tigre e face de rainha.

STATUS: Convicta da sua eternidade.

*(Colhendo três peças de roupas brancas de menino no varal do tempo.)*

Eu pari três filhos pretos e, quando eles ainda não conheciam direito o mundo, tive que deixá-los. A minha luta não pesava só no meu ombro. Eu queria proteger meus meninos. Eu não fiz isso por gosto, mas com a boca amargando de dor. Eu me fui. Me matei! Preferi a morte à escravidão. Sem pensar duas vezes, me joguei daquela pedreira direto pro fundo. Eu já estava morta. O corpo vivia, mas a certeza já estava finada. Arrancaram minha coragem pelos olhos, entupiram meu nariz com medo, furaram meus olhos de tanta culpa. Eu vivi coisa que nem o Diabo pinta a sangue. Eu caí no abismo que cavaram para mim e pra Zumbi, e só me restava o caminho pro fim. Eu precisava parar de respirar pra salvar um pouco de ar, pra deixar minhas crias vivas. Ou eu me matava, ou eles matavam meus filhos. A história não explica, só condena. Quem conta não sente nada, só espreita. Quem ouve nem sempre entende, mas julga. Mulher assim como eu, que nasceu pra ser gente, não aceita cabresto. Ah, o ódio é um veneno eterno. Eu morri toda coberta por ele. O meu companheiro foi traído na luta por um irmão que se dizia aliado, um irmão que tramava em suas costas. O pior dos açoites é a gente acreditar que pode ser um deles. Quando a traição parece com você, é como se o espelho o enganasse. Aquilo que não falha estilhaça na sua cara, e o seu próprio reflexo não é real. Zumbi preferiu se entregar aos inimigos para evitar um mal maior. Foi fuzilado, seu corpo foi cortado em partes. Membros, tronco, cabeça, ele todo espalhado pelo Recife. Mas os meus filhos Motumbo, Harmódio e Aristogíton, eles viveram. Todos os meus filhos sobreviveram. No entanto, de suas bocas ninguém nunca ouviu sequer uma palavra. Pois eles aprenderam cedo que o ar, quando é pouco, é só pra respirar. Seguir vivo é o nosso primeiro ato de luta. Eu vivo neles e eles se multiplicaram. Hoje eu sou mãe de milhões e milhões de filhas e filhos, e meu ventre recebe cada um de vocês de fora pra dentro. Quero que pouse sob meus pés todas as devidas oferendas que mereço. E cada mão alivia o ódio que me matou. Sim! Eu lutei por nós. Eu morri pela nossa cor. Sou o espírito livre de Dandara dos Palmares.

# CANDACE

QUEM: Rainha nobre e altiva.

STATUS: Certa do amor que mais importa: o próprio amor.

*(Sentada na cama, falando enquanto acaricia o cabelo crespo do homem que ama.)*

Você precisa entender que as Candaces são rainhas!
Rainha mãe da realeza africana da antiguidade!
Candaces são corajosas e guerreiras!
Então, por que me falta punho neste momento, para lhe apontar a porta de saída?
Eu tenho o poder no Império de Cuxe.
Mas eu não quero mais ser uma heroína!
Dias de luta.
Noites de batalha.
Chega!
Não quero defender meu rebento que se arrebenta.
Não quero que me veja como palmatória deste mundo.
Não quero ter que me defender de você e nem do seu amor medonho.
Eu não posso chorar?
Sim! Eu posso!
E foram elas, as Candaces que vieram antes de mim,
que conquistaram o nosso direito à dor e à delícia!
Rainha ou plebeia, escravizada ou livre, eu posso.
*(Orando:)*

Shanakdakete, minha rainha Candace,
Minha mais velha rainha, cujo reinado antecede até mesmo o Cristo da cruz,
Me dá tua mão e me guia!

*(Para o homem:)*
Em algum lugar, há uma mulher como eu, com as pernas abertas,
Neste exato momento, parindo a mais nova Candace desse mundo.
É por ela e por Shanakdakete que eu lhe digo: Não!
Não! Não! O seu amor não me interessa vestido de ódio.
Eu ordeno, como filha das Candaces, que, de hoje em diante,
O meu companheiro nunca mais se esqueça de onde eu vim.
E que ninguém, em tempo algum,
Vai levantar a mão para uma rainha, e voltar pra casa com ela.
Eu não ando só. Você sabe por que eu evoco a minha ancestral?
Porque quem sabe de onde saiu não perde o caminho de volta para o próprio coração!
Agora me beije! E me faça feliz!

# NOIVA AFRICANA

QUEM: Jovem princesa africana.

STATUS: Declara seu amor com nobreza.

*(Despetalando seu buquê de flores brancas sob o vestido vermelho de noiva, diante de suas mais velhas.)*

É com Obaluaê que hei de me casar. Lindo, guerreiro, perigoso! E farei isso sabendo de todos as dores que podem morar no amanhã. Não as temo. Acreditem. E espero que as senhoras me abençoem e enxuguem minhas lágrimas quando elas fugirem dos meus olhos. Vou ser a esposa do filho feio de Nanã. Ele é rude, sim, fugido e arredio. Vou viver bem longe da cidade e da vida que tanto desejei. Estarei escondida no mato, no silêncio, no escuro, e tudo por amor. Ele é o meu elixir, minha paz. Seu corpo coberto de feridas tem exatamente o desenho do mapa do meu agrado. As senhoras me perguntam de onde vem esse amor? Eu não tenho dúvidas. Sei exatamente quando ele me invadiu. Um dia, estava no meio da aldeia, rodando minha saia perto da fogueira, e ele estava pelos cantos, só. No melhor da festa, eu fiz ressoar nos céus raios e trovões para chamar sua atenção. Eu queria o olhar dele, mesmo sem vê-lo, mesmo escondido naquele manto de palha. Sou guerreira, tenho meus feitiços, minhas mágicas. E nessa noite eu queria dançar com ele, nenhum outro, só ele. No primeiro momento, puxei-o para o meio da roda e dançamos. Ele teve medo, mas me deu a mão. Dançamos tanto que o sol nos encontrou já apaixonados. Ele quis fugir de mim, mas não conseguiu. Eu dancei pra ele, dancei até levantar uma grande ventania que suspendeu todas as palhas que escondiam seu corpo. Obaluaê se desesperou. Ele imaginou que eu teria nojo ou medo das feridas que cobriam seu corpo. Feridas que ficaram expostas pra todo mundo ver. Feridas que ele se esforçava em esconder do mundo. Vendo sua dor, meu coração doeu. Corri em sua direção e o cobri com o meu próprio corpo. Eu queria protegê-lo do mundo. Só que, quando toquei seu corpo, suas feridas se transformaram em pequenas flores, que explodiram como pipocas e se espalharam por todo o terreiro. Nós seguimos dançando embaixo da luz do sol. Ele, livre das palhas e do medo; e eu, doida de amor e orgulho. Eu amo o meu lindo guerreiro, porque nós nos precisamos. Foi assim. Então, se ao me ver casar, as senhoras enxergarem a união entre uma guerreira e um homem fraco e ferido, o problema não é de Obaluaê. Sem o belo, a feiura do mundo não existe mais! Vou casar com Obaluaê, e do meu ventre nascerão guerreiros, que multiplicarão a cada dia o poder da cura. Ao invés de feridas, meus filhos trarão no corpo as marcas de uma luta de glórias. A bênção, minhas mais velhas!

*(Sai rodopiando sob raios e trovões.)*

# TIA TEREZA

QUEM: Matriarca preta.

STATUS: Com a sabedoria de quem conhece a vida.

*(Diante dos noivos, enquanto celebra o casamento de uma filha de Oxum.)*

Sejam todos bem-vindos ao casamento de Yvonne e Oscar. Mas, aqui, no meio deste terreiro, a minha mão entrega Oxum aos cuidados de Xangô. Hoje, na verdade, é o casamento de Oxum com Xangô. Yvonne bem sabe que Oxum era a filha preferida de Orumilá. Quando a menina nasceu, seu pai lhe deu as águas doces e cachoeiras para governar. Oxum cresceu bela e de coração doce.

Quando estava na idade de se casar, os pretendentes logo apareceram. O primeiro foi Oxóssi, o caçador. Orumilá achou que a filha seria feliz com um homem que proveria a mesa e era um grande caçador. O noivado não deu certo, pois ele vivia pelas matas, buscando mais e mais troféus para o seu salão de caça. O segundo pretendente foi Ogum. O grande general, o senhor dos exércitos de Oxalá. Mas só pensava em guerra, estratégias, seus exércitos e suas espadas, e era grosseiro e ríspido com Oxum. Ela chorou e o compromisso foi desfeito.

Um dia, um homem pediu abrigo às portas de Orumilá. Era pobre, um andarilho. Mas a princesa ficou encantada com a doçura e a atenção com que o andarilho escutava suas melodias e histórias. Até que partiu. Oxum chorou muitas noites, olhando a lua, sentindo falta do humilde mortal. Então Orumilá exigiu que a filha escolhesse seu marido logo, ou então, ele, seu pai, o faria. Oxum, tremendo, olhava por entre os homens e nenhum deles a agradava. Então ela viu, entre todos, novamente o andarilho. Ela disse ao pai que ele seria o seu marido. Só que o pai não aceitou.

Foi então que um grande trovão soou e o peregrino foi atingido por um raio bem ali na frente de todo mundo. O mendigo transformou-se em Xangô, o senhor da Justiça, o maior juiz de Iorubá. Xangô explicou que não queria apenas o corpo, nem o dote de Oxum, queria uma mulher que fosse justa como ele. Por isso, disfarçou-se de andarilho, preferindo conquistar o coração da mulher pelo sentimento. Orumilá, abatido pela sabedoria de Xangô, deu-lhe a mão de sua filha. Xangô levou Oxum para o seu reino, em Oyó, onde ela foi coberta de carinhos dengos, sedas, doces e brinquedos. E este é o destino da nossa Yvonne. O que peço a vocês, que hoje se juntam e criam esta nova família, é que sejam felizes como puderem, assim como nos ensinam os orixás.

# TEREZA DE BENGUELA

QUEM: Ganhadeira sorridente, vestindo sua saia de chita colorida e bata de *richelieu*.

STATUS: Sente o peso da espada da injustiça.

*(Colocando seu punhal no chão e falando, de pé, diante de um tribunal de gelo.)*

Quando meu marido foi assassinado por soldados do Estado, eu assumi o comando do Quilombo do Quariterê. Não era o que eu queria, mas era minha obrigação. Quantos caminhos me restavam? A vergonha, a covardia e o medo? Nenhum desses me coube. No meu quilombo viviam mais de 100 pessoas, entre negros e indígenas, e estavam todos esperando uma voz. O que vocês acham que eu deveria ter feito: ajoelhado diante de vocês e pedido perdão? Fugido com os meus pra longe daquele lugar? O meu silêncio era faca no peito daquele povo. Eu segui. Lá a gente vivia como gente de verdade. Não como preto ou índio. Entre a gente, era todo mundo gente como tinha que ser. Eu navegava com meu barco imponente pelos rios do pantanal e a vida era boa pra nós. Não era antes, não foi depois. Mas, na hora, era. E tinha vento e tinha cheiro de chuva no mato. Eu era a "Rainha Negra no Pantanal". Sim, é verdade. Eu nem contei o tempo e ele correu de mim. Também não tentei caçá-lo nem prendê-lo na gaiola. Meu pai me ensinou que tempo é feito de gás: voa. Por isso não adianta nada tentar segurá-lo ou diminuir sua força. O tempo é o tempo. Ali eu dizia o certo e o errado, o de comer, o de vestir. Fazíamos nossas próprias armas para caça, mas eu sabia que elas também poderiam servir pra salvar as nossas vidas. O meu erro foi confiar nos brancos. Achei que as armas de fogo poderiam nos defender melhor. E deixei que meus olhos crescessem tanto a ponto de embaçar minha visão do real. Eu sei que meu lugar aqui nesta tribuna é de inferior. Mais uma vez, deveria estar me ajoelhando pra pedir perdão. Não é isso que vocês esperam de mim? Mas vocês são de gelo. Vocês não são de carne e osso, não. Aquelas armas trocadas com os brancos de nada nos serviram na hora em que vocês resolveram cercar nosso lugar e nos matar. Os homens de gelo invadiram nossa terra, destruíram nosso reino e tomaram as armas como se fôssemos de água. Fui capturada e agora estou aqui, explicando, nesta corte, porque nunca aceitei servir vocês. Fogo e gelo não se abraçam. Eu não me conformo! Por que nos destruir? Pensei várias vezes em me matar. Seria um gesto supremo, seria meu tiro de misericórdia. Se eu morrer, quem ganha esta guerra? Estou aqui presa diante de todos aqueles que um dia governei. Eles esperam de mim um passo, uma luz para seguir. Vocês não desejam um acordo, querem minha alma, minha fé, meu fim. Sim! Estou indefesa, desprovida de mim, da minha força. A que distância eu estou do fim que vocês sonham? Então, eu pensei comigo: "Tereza! O que faria agora uma rainha de verdade? O que seu povo precisa de você? Como você pode honrar quem lutou antes? Como pode orgulhar quem virá no rastro do teu sangue?"

*(Após um tempo olhando para todos os presentes na tribuna, Tereza se ajoelha humilde e, num movimento rápido, pega o punhal no chão e coloca contra a sua própria garganta com toda ira.)* Vocês já deveriam saber que a vergonha, a covardia e o medo jamais serão caminhos para Tereza de Benguela! Eu vou, mas levo comigo a minha fé. Agora o tempo sou eu! *(Tereza corta a própria garganta com o punhal.)*

# LUIZA MAHIN

QUEM: Ganhadeira sorridente, vestindo sua saia de chita colorida e bata de *richelieu*.

STATUS: Debocha, enquanto planeja salvar o mundo.

*(Surgindo falante, equilibrando seu tabuleiro na cabeça.)*

Minha pele sempre foi de um preto, preto mesmo. Sabe quando você não tem certeza se é preto ou se é brilho? Essa é a minha cor. Nasci na Costa da Mina, sou africana de pó e barro: livre. Sempre tive pouca estatura e muita ousadia. O povo dizia que eu era magra de ruim. Boa de garfo e de língua. Mas sempre fui bonita, sabe? Preta retinta com meus dentes alvos, meu bico pra cima, meu gênio ruim e minha trança nagô. Quando me alforriei, fui quituteira nas ruas da Bahia. Fui presa muitas vezes como suspeita de me envolver em planos para libertar escravos. Oh sina, oh perseguição. *(Gargalha.)* E não é que desta vez eles estavam certos? Eu tava envolvida, mesmo. Quando eu me vi livre novamente, trabalhei como ganhadeira, vendendo quitutes pelas ruas do centro de Salvador, mas eu sabia muito bem o que tinha que fazer. Na época, eu morava bem ali no Solar do Gravatá e tirava meu ganho debaixo de sol. Mas eu sempre acreditei na liberdade. Não tinha esse que mudasse o meu pensar. Por isso mesmo, fui trabalhar de ganhadeira pela facilidade que tinha pra circular pelas ruas com meu tabuleiro. Tá me entendendo? Eu era tipo mosca de defunto: chupa aqui e cospe lá. Pousava trazendo as notícias, voava levando informação pra um e pra outro. Foi no meu tabuleiro que nasceu a Revolta dos Malês. Eu andava tanto que tinha dia da comida feder de podre, em cima da minha cabeça, pra riba dos bilhetes que eu levava de ponta a ponta pra ajudar na revolta. E eu nem tinha vergonha. Mas chegou o tempo em que fui perseguida pelos meus feitos. Perseguida por não aceitar. Tive que fugir e deixei para trás meu filho de 5 anos. Meus guias sabem quanto me custou essa largada. Mas deixei o menino aos cuidados do pai, ele era branco, podia cuidar do menino. Que hora isso ia me valer? Era essa a paga! Mas o bendito do pai vendeu nosso filho e eu perdi o rastro dele por um tempo. Só que sangue ruim chama mosca. E eu encontrei meu menino. Ele conseguiu se tornar advogado, Luís Gama é o nome dele. Ficou conhecido por tudo quanto é canto: tinhoso. E sabe o que foi que ele fez? Ele lutou pra libertar os escravos que nem a mãe dele. Tá vendo que eu tava certa da minha vida? É isso. Eu pari Luís Gama, meu povo! Já fiz a minha parte. Agora vocês que lutem! Meu sangue! Meu Luís Gama! Depois eu sumi neste mundo e ninguém tem certeza do meu paradeiro. Uns dizem que fui deportada, outros acham que fui enterrada viva. Mas o fato é que estou aqui, pra lembrar a todos vocês de não esquecer de mim. Eu tô em cada grito, cada luta, cada denúncia feita por justiça. E desconfie de uma preta, de saia florida e um tabuleiro na cabeça viu? Ela pode estar tramando salvar este mundo. Agora vá e escreva meu nome nos seus sonhos de liberdade: Luiza Mahin.

# MILTON SANTOS

QUEM: Homem elegante na fleuma de um raro doutor negro.

STATUS: Possuído pela ira da impotência, tenta reter a lágrima fatal.

*(Diante de um menino negro que tem uma mão pousada na barriga vazia e a outra estendida à espera de esmola.)*

Você me pede um prato de comida? Um prato de comida exatamente na hora em que milhões e milhões de pessoas no mundo todo estão morrendo de fome? E você quer um prato de comida? Tem comida pra todo mundo. Cadê o seu prato, menino? Vivemos todos num planeta perfeitamente capaz de produzir uma quantidade suficiente para alimentar todas as pessoas de todas as cidades, de todos os países e continentes. O problema não é a quantidade de comida, mas como essa comida é distribuída. As mãos que colhem não são as mesmas que enchem os bolsos. E eu lhe pergunto, menino: cadê o seu prato de comida? Quem decide quem deve ou não comer? A humanidade está dividida em dois grupos: o dos que não comem e o dos que não dormem, com medo da revolta dos que não comem. Eu não me encaixo em nenhum deles. Por que esse olhar de surpresa? Por que sou negro deveria tirar da minha boca e lhe dar? Seu olhar me cobra que o alimente, mas não fui eu que o pari. É assim que pensam todos os que estão empanturrados em seus castelos diante desse seu olhar. Não o coloquei no mundo! Na hora do bem-bom, a fome era outra. Dirão isso, com certeza. Somos, os dois, pretos. Olhe a minha cara, tão preta quanto a sua. Eu sei tanto quanto você o que é ser negro no Brasil. Ser negro no

Brasil é todo dia ser objeto de um olhar enviesado. A chamada boa sociedade parece considerar que há um lugar predeterminado pra mim e pra você, lá em baixo. Ouça, menino, entenda: Esse mundo é uma grande fábula! Então faça o seu papel. Morra.

*(Silêncio. Milton se ajoelha de dor e remorso diante do menino impávido.)*

O mundo não é bom, menino! A vida não é justa. Nem todos podem comer. Se tirar da minha boca fosse realmente capaz de matar a sua fome, eu o faria. Mas, depois de hoje, tem amanhã, e tem os seus irmãos, e tem os meninos que a gente nem conhece e todos estão com fome. E a fome vai e volta como um fantasma correndo atrás da gente. Nunca estaremos a salvo. Sempre nos resta o medo dessa assombração. Jamais houve na história um período em que o medo fosse tão generalizado e devastador. Um medo que invade todas as áreas da nossa vida: medo do desemprego, medo da fome, medo da violência, medo do outro. Eu tive medo de você. Medo que você olhasse no fundo dos meus olhos e visse a minha fome, a fome que nunca será morta. A fome que eu tento esconder todo dia. Essa é a fome que eu e você vamos dividir pra sempre. Menino! Eu queria ter um peito, cheio de leite e colocar dentro da sua boca. Mas não tenho. Entenda. A fome é, somente porque algo acontece, e onde algo acontece a fome está. Você acredita em Deus? Deus é o todo e está em tudo. Então Deus está na fome.

# DONA IVONE LARA

QUEM: A grande dama do samba.

STATUS: Suave e no miudinho.

*(Agradecendo ao aplauso do público e depois refletindo, ao observar a plateia.)*

De todos os sambas que cantamos aqui, nenhum tem a melodia da vida real. É tudo ilusão. Um sonho meu. Este é a única canção que eu não consegui compor nesta minha vida. Esse dia não existe em nenhum livro de memória! Essa escola não desfilou, essa roupa, meus filhos me olhando, nada disso é real! E toda essa fantasia só é possível porque eu consegui! Se vocês estão diante dos seus olhos é porque eu consegui: esta preta, aqui, pobre, filha de um operário preto batuqueiro, que morreu carregando ferro nas costas, e de uma lavadeira sambadora, que teve medo, mas se virou sozinha pra criar duas filhas, viúva aos 22 anos. Ela conseguiu, e eu também! Estudei, casei, pari... e, entre uma coisa e outra, guardei um tantinho assim da minha força pra não deixar de acreditar que eu podia. É! Pode chamar esta preta, aqui, de abusada, de folgada, mas eu consegui. E se eu consegui é porque o samba me trouxe, me embalou, me vestiu, lambeu minhas feridas e me curou. Porque essa vida não é doce pra ninguém, né? Mas, pra gente, é pior! O mais amargo da vida é sempre oferecido primeiro pra mulher. E, o amargo, a gente prova desde cedo. Agora, o doce, o doce a gente precisa correr atrás. Eu conquistei o doce da vida e vou lamber os beiços até o final. Não importa se a canção é real ou de fantasia. E se alguém tentar lhe dizer o seu lugar, vá no miudinho, se ajeite na cuíca, rode no pandeiro, respire no cavaquinho... e não aceite! O nosso lugar é na frente, o nosso lugar é no meio da batucada, rodando nossa baiana com orgulho, iluminadas pelo foco da alegria!

# YVONNE DA COSTA

QUEM: Vestida de baiana, recorda sua infância.

STATUS: Com a nostalgia de um mungunzá.

*(Em visita a Salvador, no intervalo de uma filmagem, à beira-mar.)*

*(Pensa sozinha:)* A Bahia tem o cheiro do colo da minha avó... É daqui que ela veio. As minhas tias... cheiro do que é sagrado. O jongo pra mim sempre foi sagrado! Aquilo que não pode ser tocado, mas que é pedaço da gente. Eu sempre quis, mesmo quando era bem jovem... sempre quis entrar na roda do jongo. Sabia que aquilo tudo era herança minha. Meu pertencimento. Era na roda de jongo que a minha tia Tereza era a rainha! Os ombros mais sacudidos de Madureira! E um quadril de serpente, de dar dó dos homens, babando só de olhar. Mas sempre que ela me via pelos cantos, por perto da roda do jongo na hora da função, ela vinha no pinote, sem parar a festa nem nada, vinha sambando mesmo e, na girada da saia, dava uma chicotada com a cabeça pra eu me afastar dali. Ela vinha com os olhos brilhando e as ventas abertas querendo roubar todo o ar do mundo. Como quem respira fogo, de tão alegre! Eu me assustava e ela ria de mim... Menina que eu era. Quando ela vinha me espantar, eu já sabia que estava na hora dos pontos com feitiço. Os pontos que criança não podia ouvir. Aqueles pontos que podiam trazer um feitiço difícil de ser tirado pra quem ouvisse. Ela dizia: "Ivone, tu é menina! Não tem maldade! Se pega um feitiço é incapaz de se livrar." Ah! Ver tia Tereza dançando jongo era como rezar pra um Deus bem bom de se amar! E toda vez que eu tenho

algum medo, ou me sinto só, o único lugar que eu quero estar é no colo da minha avó baiana ou no meio da roda do jongo. Tudo que eu preciso é dançar jongo, pra não ter medo de nada!

# RAINHA DOS RASGOS

QUEM: Vestida com um infindável vestido azul do mar

STATUS: Em transe com a própria existência.

*(Ela caminha entre as ondas rasgando o vestido sem fim.)*

Teu colo é o mar,
Onde só a paz navega.
Até mesmo o som da fúria,
Em ti acalanta e sossega.

Fia o algodão,
Espuma branca do mar,
Rege as marés
Nunca as permite secar.

É ventre onde escorre a vida,
Em ondas de bem-querer.
É mangue que esconde a dor,
E faz flor sorrir e padecer.

Vestida de desejo,
Banguela de saudade,
Coberta de lamento,
Não teme qualquer julgamento.

Minha Sobá, Iyá Odo
Minha Akurá, Ogunté

Minha Oloxá, Massê
Yemanjá minha mãe!

Mãe que vive do rasgar.
Rasgar o ventre,
rasgar o peito,
Rasgar as águas,
Mãe que rasga um por um,
Pra não deixar filho algum,
Morrer assim, de se afogar.

# MOLEQUINHO

QUEM: Compositor e fundador da Império Serrano

STATUS: Nadando num mar de dor.

*(Fala sozinho enquanto assiste ao desfile catastrófico da escola Prazer da Serrinha sob forte tempestade.)*

A gente não tinha carência de viver esse dilúvio de tristeza. O desfile da vergonha! Décimo primeiro lugar... E a Portela, mais uma vez, campeã do carnaval carioca. A gente tinha a faca e o samba na mão! Mas o que vimos aqui foi o puro massacre do nosso povo da comunidade de Vaz Lobo. Os jurados ordenando pra gente correr... Vergonha do Prazer da Serrinha. Todo mundo mandando a nossa escola passar ligeiro, sumir com aquela aberração toda. "Sai daê!" "Voltem pro alto da colina!" "Anda logo!" A gente não merecia isso. Mas há de nascer desse lodo todo uma nova flor, uma flor tão perfumosa, tão forte e tão independente quanto o nosso sonho. Onde não exista apenas um rei, mas a nobreza da multidão! Nem que eu tenha que ir de porta em porta de Vaz Lobo, eu, Molequinho, todo mundo. Juntar meu povo da Serrinha outra vez. No carnaval de 48, quem vai mandar na avenida somos nós: o povo!

## ATO SOLENE – CENAS HOSPITALARES: E A CERIMÔNIA PARA DIZER ADEUS A SI MESMO.

*(Sozinho no leito de uma UTI, ouvindo o batucar do seu próprio coração.)*

*E já que os sonhos não são para realizar, pelo menos que sejam deslumbrantes.*

*(CENÁRIO ÚNICO PARA TODAS AS CENAS: Quarto de hospital. Um leito rodeado por aparelhos de UTI. Na cama, um homem aparentando 35 anos encontra-se monitorado. Os batimentos cardíacos marcam o passar do tempo. No ambiente, apenas o leito, uma cadeira, uma mesinha de apoio e uma janela, de onde se vê o nascer do sol de uma manhã de domingo. Após um longo silêncio, surge em cena, pela porta do quarto, um homem simples e visivelmente tímido. Ele traz nas mãos uma sacola de palha. Trajando uma calça social marrom, uma camisa de botão, de manga curta, e sandália, ele entra, fecha a porta cuidadosamente e aproxima-se da cama.)*

## HOMEM SIMPLES

QUEM: Um senhor interiorano, cor de barro pisado e marcas de dores vividas.

STATUS: Na cerimônia do adeus.

Ô de casa... Sou eu, amigo veio. Pensou que eu não vinha? Tô aqui. Vim fazer uma visita. As notícia que tavam chegando lá na cidade eram danada demais da conta. O falatório tava solto, dizendo que tu não andava nada, nada, nada, nada bem. Tá pior, né? O doutor falou que eu só podia ficar um tiquinho só. Entrei, mas já, já eu saio. Num se preocupe, não. Mas tu tá bem, né? Tá magrinho, magrinho, precisando de uma rabada, um mocotó de Firmino. Uma comida que faça bosta de sustância. Tá fácil não, né? Mas tu tá bem, né? É isso. Faz mal eu me sentá um pouquinho? É que eu tô com uma dor aqui na raiz da coluna, acho que é desvio, tô ficando velho! Fui até no médico, ele disse que é pra evitá pegá peso. Imagine tu. Pelas banda de lá as coisa tão na merma, o povo é o mermo, as parede são as merma, tudo igualzinho. Tudo no mermo lugá que tu deixô quando veio embora. E tu acredita que eu nunquinha que achei que tu ia ter essa coragem? Juntar tudo que era teu e vir embora pra capital? Muita coragem! Eu mermo não, fiquei por lá mermo, pra ajeitar minha vida. Casei, tive cinco filho, quer dizer, quatro, mas o cinco já existe, quer dizer, existe mas ainda não nasceu. Tá na barriga de Norina. Se alembra de Norina? É, ela merma. A gente vai como Deus qué, tem dia que ele qué mais, tem dia que ele qué menos. Miucha que não tá nada bem. Se meteu num bafafá, um trelelê, um furdunço, levou foi um sapeca-iaiá do marido, o maior rebucetê! Foi é parar na polícia. Diz até que os homi mandaram ela fazê um tal de exame de corpo delicado. O corpo dela tá acabado mermo, a menina tá um cuspe! E tu? Tu tá assim, mas tu tá bem, né? Graças a Deus! Eu sei que tu veio embora porque tu queria aumentar seus ideal. Estudá... ser artista. Também a cidade é nanica que só ela. Mas é pequena, tão pequena, de uma pequeneza que nós nem se localiza no mapa... Cidade de primeira: se meter a segunda, o carro sai da cidade... Lembro até hoje do dia que tu virou pra tua mãe e disse todo taludo: "Mãe! Vou picar a mula daqui!"

Vixe, que eu pensei que tua mãe ia ter um troço, a véa se tremeu toda: "A gente cria cobra pra morder a gente. Um menino que saiu de dentro de mim. O que foi que eu fiz, Jisus, o que foi, Jisus? Meu filho, azeite de cima, mel do meio e vinho do fundo, não enganam o mundo. Ó desgosto! Ó injura! Ó miséra!"

E tu respondeu na lata: "Mãe! O que arde cura e o que aperta segura! Banana madura não fica no cacho. Tá na minha hora! Antes que o mal cresça, corta-se-lhe a cabeça."

"Você vai ver como é a vida lá fora! Formiga quando quer se perder cria asa!"

E a formiga bateu asa e voou.

Oi tu aí, voou, voou pra longe de nós. Mas tu tá bem, né? Tu nunca mais foi pelas banda de lá, não é? Visitá o pessoal, sabê das novidades. Mas também tanta coisa pra vê por aqui, tu ia fazer o quê naquele fim de mundo? Lá, de novidade só quem ganhou menino, fora isso tudo na merma. Tu tem lembrança de Seu Terto? Tá rebocado, piripicado que eu tô dizendo a verdade. Tá alembrando dele? Oxe, menino, Seu Terto, o aguadeiro. Vendia água potável num jegue. Nos carotes.

"Água, oia a água."

Oh! Tempo bom, em que a gente brincava de picula, empiná pipa, culhê araçá, goiaba, é que é diferente. Goiaba, a bicha é mais carnuda, tem da branca e da vermelha, já araçá é pequenininho e duro feito a peste. A gente catava cacau, cumia bago de jaca, jogava gude. E depois que nos ficamo minino de barba rala e se picava pra Fispira pro puteiro – o Tampa Surrão – hein? Ô gostosura! Menino pra se iniciar nas coisa do prazer tinha que ir pro Tampa Surrão ou pro Escorrega Lá Vai Um. Dois puteiro de fino trato. Hoje em dia eu não faço mais essas coisa. Pai morreu. *(Levanta, vai até o lado da cama e acende uma vela enquanto canta uma "incelensa".).* Acendi uma vela aqui, é pra alumiá seus caminho. Então, pai se foi e eu herdei o lambe-lambe dele. Tiro foto 3×4. Pai era chamado de Zé Barriguinha, mas mãe num gostava disso, não.

"Ó fio, quedê Zé Barriguinha?"

"Zé Barriguinha não mora aqui, quem mora aqui é José Firmino."

Hoje em dia, o povo todo me chama de Zé Barriga, fio de Zé Barriguinha. E tu sabe que Norina também não gosta, fica fula? E na escola, meu menor, o povo chama de Zé Barrigão! *(Rindo.)* Barriguinha, Barriga e Barrigão! Mas tu tá bem, né? Se cuidando direitinho, né? Tu qué que eu conte um dos meus causo pra distraí as ideia? Tu é doido! Tu nunca gostou dessas coisa de interior, né? Eu alembro de tu nas festa na praça com os olho comprido pro povo de fora. Tudo tu achava mais bonito se fosse de fora. Lembro até que minha mulé Norina arrastava as asa pro teu lado. Ela gostava do teu jeito sonhador, aquela vontade toda de conhecer o mundo, te achava danado de inteligente. Mas teve foi que se contentar comigo mermo e tá bom demais, num é? Histórias boas eram as de Seu Terto. Tu lembra de Seu Terto, não lembra? Morreu, coitado. *(Vai até o lado da cama e acende mais uma vela enquanto canta duas "incelensa".)* Uma vela pela alma do coitado!

Ele, que sempre foi homem de tutano, sabia histórias do arco da velha! Lia a Bíblia com o pai e contava para a gente tudo diferente, do jeito dele. Um dia, eu me peguei numa briga com o filho de Guelé, Seu Terto veio que nem cabra-cega, ralhou com a gente, botou todo mundo sentado e contou a história de Caim e Abel:

"Vosmecês não sabe? Pois tá nos livros." "Conte, véio", eu disse.

"Eva num comeu a maçã e ficou de barriga? Então, pariu um menino, e disse: 'O Senhor me deu um filho homem, isso é uma bênção, vai se chamar Caim'. Depois, Eva pariu outro menino, Abel. Abel decidiu ser pastor de ovelha, e Caim escolheu ser lavrador. Deus deu de herança, pra Caim e Abel, uma roça de cacau pra eles dividir. Caim, que era home mau, dividiu a fazenda em três pedaço. E disse pra Abel: 'Esse primeiro pedaço é meu. Esse do meio é meu e seu e o último, meu também.' Abel parô, pensô e respondeu: 'Não faça isso, meu irmãozinho, que é uma dor no coração!' Caim riu: 'Quiquiqui! É uma dor no coração? Pois então tome.' Puxou a picareta e deu na testa do irmão, que rachou a cabeça em banda. Pronto, Caim matou Abel com uma picaretada só. Depois de tudo, Deus ainda perguntou a Caim: 'Onde está o seu irmão?' Caim respondeu: 'Não sei. Por acaso eu tenho que cuidar dele?' Essa rebeldia dele contra Deus causou o primeiro assassinato do mundo, o início do fim da família."

Até hoje eu alembro de Seu Terto e da picareta. A gente foi dormir naquela noite com a picareta de Caim enfiada bem no meio da testa. Parece que eu tô vendo tua cara espantada! A gente era menino besta, não via maldade em nada. Foi uma vida danada de boa a nossa, não foi? Largo minha vida, não. É pouca, mas é minha! O que é que eu vou querer mais da vida, né? E tu? Tu tá bem, né? É isso, o povo de lá tá na mesma, aquele conversê na porta, um golim da boa, e tu sabe que o povo de lá gosta mermo é de inventá história com a vida dos ôto, com alma penada. O povo adora quando morre alguém, é uma novidade pra reuni e inventá história da terra do povo dos pé junto. O povo que já bateu com as costa no chão. Eu nem gosto de falá. *(Vendo um fantasma:)* Pra cima de mim, não, coração! Por amô de Deus, penada! Vai pro teu corpo, diabo! Cruz credo!... Avemaria!... Creindeuspadre!... Mas tem umas história que até leva a graça da gente. Faz passar o tempo mais rápido, né? Eu sei uma, qué que eu conte? Pois, então: o padre tava lá na igreja, tentando explicar a Bíblia pras beatas. Mas as véia tavam mais interessadas em falar da vida alheia. Então, o pároco se aborreceu nas saias e gritou: "Quem se acha burra fique em pé." Dona Maria levantou de supetão. O padre se assustou e perguntou: "Dona Maria, a senhora se acha burra?" Ela respondeu: "É que eu fiquei com dó de ver o senhor de pé sozinho, seu padre."

Oia, não é o cão, uma peste dessas? Esse pessoal inventa, né? Mas tu tá bem, né? É, acho que tá chegando a hora, vô vortá pra casa, que já tô de comichão. O transporte sai daqui a um pouco da rodoviária. Cheguei hoje e vim direto pra cá, daqui já tô vortando e já me agoniei disso aqui, é muito grande, é muita gente. Depois de amanhã ia fazer dois dias que eu tô aqui. Que nada, tô picando a mula! Vou levar notícia de tu pros pessoal, viu! Fica na paz de Deus, Nosso Senhor Jesus Cristo. Oia na dúvida vô acendê mais uma vela, aqui, pra iluminá teus caminho. *(Levanta, vai até o lado da cama e acende uma vela enquanto canta três "incelensa").* Inté!

*(O homem simples abre a porta e sai, emocionado.)*

# ENFERMEIRA I

QUEM: Volumosa, exibida, veste branco no corpo e vermelho nos lábios impecáveis.

STATUS: Ferina e carnal como sempre.

*(Enfermeira entra em cena, fecha a porta com feminilidade e se aproxima do leito. Ela traz lençóis e bandeja com remédios, termômetro e seringas.)*

Bom dia, leito 18! Nossa! Que recepção mais fria! Se gostou de me ver, pisque o olho uma vez; se não gostou, pisque duas. Credo, eu não tô levantando mais nem defunto! Pensei que você fosse soltar fogos, levantar dessa cama, me agarrar, beijar minha boca, me tarar... Nem abriu o olho? *(Olhando as velas:)* Credo que escuridão! Quem foi que acendeu essas velas? Nada disso, vamos abrir essa janela e deixar o sol entrar. *(Apagando as velas e abrindo a janela:)* Minha filosofia é esta: morra, mas embarque bronzeado! Que mania que as pessoas têm de enterrar quem tá morrendo! Piadinha viu, leito 18? Hoje meu humor está de morte! *(Ri.)* Nossa! Como estou engraçada! E por falar em graça, que figura, aquele senhor que acabou de sair daqui, usando uma loção de capim horrorosa. É porque: ou aquele perfume é de fragrância de capim, ou ele veio se esfregando na grama de casa até aqui. *(Pensa alto:)* Sabe quando você tem a sensação de conhecer a pessoa de algum lugar? Ele tem uma cara conhecida! Ah! Também não é nenhuma cara especial, é uma aparência comum. É seu tio? *(Levantando o lençol:)* Deixe eu ver se fez xixi na cama! Mas o sujeito parece muito com você. Acho as pessoas do campo pitorescas! Simples, ignorantes e fedendo a grama. Um horror!

Quando eu digo que eu nasci no interior, ninguém acredita! *(Com um termômetro:)* E a temperatura? Vamos ver se está com febre hoje? Abre a boca! Se não abrir, vou procurar outro lugar para medir a temperatura, hein! Meu namorado é do interior. Moacyr Augusto, pelo nome você já sabe, né? Feirense! Gosto dele, coisa e tal, mas não vai render muito, não. Eu? Casar com homem do interior? Deus que me livre dessa praga! Ele até que tenta tampar o motor, mas não chega nem perto de apagar meu fogareiro, entende? Outro dia eu tava pensando na minha vida amorosa! O pior tipo de sujeito pra amar é aquele acima de qualquer suspeita. Moacyr Augusto é assim, um sujeito decentíssimo, a família dele tem até um mercadinho, um tédio. Ele não tem nada de vulgar, muito pouco ordinário. Não me inspira pornografia, sabe? Eu sou uma moça de família, quero ter meus filhos, casar, como qualquer uma, mas para isso eu necessito da pornografia entre quatro paredes. Coisas bizarras, mesmo, do tipo que não se confessa a ninguém. Coisa que não se pode falar, só fazer. Eu falo com você porque sei que você é do tipo que sabe guardar segredo! Tenho certeza que não vai contar a ninguém. Me sinto sua íntima, né? Pois então, eu cansei, cansei de me culpar. Já me massacrei por ter fantasias tão bizarras, pensei até em terapia. Mas, no fundo, eu acho que eu penso essas coisas porque fui criada no interior, saí de lá ainda menina, graças a Deus, mas carrego esse ranço em mim. Os meninos do interior são muito livres. Se for ver direito, oito entre dez moleques de roça conhecem mais cabras na vida do que mulheres de verdade. *(Recordando:)* Brutos! Quando eu perdi minha virgindade, foi assim como participar de um rodeio: rápido, intenso, turbulento e cai tudo no final. Acho até que essa vivência prática com o mundo animal me deformou um pouco... Pra mim, sexo não tem ligação nenhuma com sentimento, e até hoje tenho um pouco de dificuldade de unir as duas coisas. Mas, também! É tão difícil encontrar alguém querendo amar e que você também queira que te ame! Olhe, leito 18, me perdoe o falatório, é que é só falar no assunto, que eu começo a pensar atrocidades! Você sabia que eu tenho fantasias com os pacientes? Cada coisa horrorosa! Outro dia eu estava estudando sobre isso: necrofilia! Às vezes, eu tenho que me controlar para as colegas não perceberem. Quando eu fico sabendo que mais um paciente entrou em coma, ou que tem um enfartado novo na UTI, eu enlouqueço! Rezo toda noite pra Deus me livrar desse pecado. Mas, que eu penso, penso. Acho que é até por isso que eu procuro sempre me relacionar com pessoas decentes, pra ver se eles me ajudam a domar esse lado animal que vive em mim. Tive muitos namorados honestos, mas só amei de verdade aos homens ordinários. Teve um que era ladrão, mas me batia tanto, um horror! Já fui com assassinos... Estelionatários, então... é fugitivo da justiça, eu tô me jogando... Enfim, eu não tenho como esconder essa minha queda pela pornografia. No começo, tive vergonha, procurei encontrar Jesus, depois relaxei e encontrei as boates, os inferninhos, e é isso aí, ando me arrochando pela vida. Ô coisa boa! Eu vivo uma vida suja, desregrada, eu faço coisas que... *(Batem na porta.)* Quem será agora? Inferno!

# ATOR

QUEM: Um verdadeiro *hippie*, direto da Arembepe dos anos 70.

STATUS: Expressivamente contemplando a vida.

*(Entra no quarto como quem pousa na lua pela primeira vez.)*

Só. *(Entra e fecha a porta.)* Bicho, cara, tu tá mal paca! Tá parecendo uma múmia do Egito. Desculpe aí, eu deveria falar alguma coisa pra te animar, mas você sabe que eu sou assim, pura emoção. O que eu sinto, eu falo, jogo tudo pra fora. Coisa de ator! Aliás eu nem vou poder demorar muito, daqui a pouco eu tenho ensaio. Tô aí atuando num grupo novo: Os Cataclismas. Ando trilhando uma carreira mais alternativa! Estamos ensaiando um espetáculo super, super, super inteiramente super-reflexivo. O diretor também é super. Ele é meio assim: guru. Faz um chá das arábias, misturando umas paradas muito loucas, a gente toma o chá, aquilo sobe pra cabeça, bate a onda, todo mundo tira a roupa, se mela todo de xampu e fica se esfregando um no outro, tentando atingir o alfa. É uma metodologia moderna, que eu nunca havia experimentado. Uma busca profunda pela nossa verdade interior. É massa real, o processo! A gente tá mergulhando no fundo das nossas mais profundas feridas. Outro dia, eu fiz o laboratório do fogo e queimei meu pai. É isso mesmo: taquei fogo no velho pra me libertar dos paradigmas. Só assim eu vou poder estar pleno em cena, e conseguir ser verdadeiro, ter fé cênica. Você lembra, né, cara? O velho sempre me oprimiu, com aquela onda de ser pastor, eu tive que sair de casa e procurar meu caminho, minha estrada de luz.

"No dia em que eu vim-me embora
Minha mãe chorava em ai,
Minha irmã chorava em ui..."

Segui meu caminho mundo adentro, nunca quis olhar pra trás. Até mudei de nome, esqueci minha identidade antiga, as raízes naquela cidade e fui batalhar meus sonhos. Me custou muito errar o caminho de volta. Em cada paulada, em cada rua fechada, em cada sábado sozinho, era uma vontade gigante como chumbo de voltar, de correr pra casa e chorar. Sentar de pés descalços na beira da rua parada e esquecer de tudo: das buzinas, dos faróis, das putas, dos templos enormes, apagar tudo e ser simples. Mas quem não queria ser simples?

Medeia matou os dois filhos para se vingar do marido Jasão, que havia se casado com uma mulher mais jovem... Oh! Vingança terrível...

Sacrifício assombroso! Oh! Lástima! ÉDIPO arrancou os olhos ao saber que havia assassinado seu pai e casado com sua própria mãe. Oh! Destino cruel! Dor lancinante! Prometeu ensinou o segredo do fogo sagrado aos homens. Zeus, enraivecido, amarrou-o no topo de uma montanha no Cáucaso. Uma águia, todos os dias, durante anos, comia-lhe o fígado. À noite, seu fígado era novamente reconstituído para ser devorado pela águia no dia seguinte. Oh! Sofrimento! Oh! Desespero! Eu sou filho de Zé Barriguinha, ex-pedreiro, retratista e funcionário público no interior.

Eu vivi uma briga de foice comigo mesmo. Batalhei, arranjei emprego, vaga em pensão, já tinha decorado o nome da metade das ruas e ônibus que precisava, só que um dia eu tive a revelação da verdade que há em mim. Foi quando eu subi de elevador pela primeira vez, senti um frio na barriga. Foi ali que eu percebi que tudo tinha mudado. Eu tinha que aprender a confiar nos cabos de aço, do mesmo jeito que eu confiava no cabo de aço da balsa que atravessava o rio de lá da nossa cidade. Então, eu larguei emprego fixo no Banco, contracheque, desfiz todas as amarras e assumi ser ator com todas as veias, músculos e ossos do meu corpo material. E é assim que eu vou vivendo, muito bem, obrigado. *(Pausa)* Mas quando eu soube que você estava aqui, neste hospital, eu tive uma vontade enorme de ver você outra vez. Não sei por quê! Minha vida toda é correr pra longe de tudo isso, e, de repente, me bate uma vontade de lembrar da sua cara, desse seu jeito de matuto.

Se tem alguém daquela cidade que eu nunca esqueci é você, cara. Acho que você é o único que sempre entendeu a minha necessidade de espaço. Eu preciso de espaço, preciso me espalhar para todos os lados e me sentir pleno e livre, como só o palco me faz sentir. Bicho, que viagem! Te rever tá mexendo aqui dentro, tá bulindo em tanta coisa que vai ser massa pra minha memória emotiva. Eu tô ensaiando um espetáculo novo, vai se chamar fra, fre, fri, fro, fru, a cacofonia sonora do F. É fra de fraternidade, fre de frenético, fri de frio, fro de fronteira e fru... Fru, a gente ainda vai fazer uns laboratórios, aí, pra descobrir o porquê. Mas o melhor é a cena final. Eu acho que essa cena é o que há de genial no teatro pós- contemporâneo mundial. Imagine, bicho, uma piscina daquelas de criança, cheia de chocolate derretido. O elenco todo nu, completamente nu pra se libertar, pra ter mais verdade. A gente passa a mão no chocolate e esfrega no sexo gritando: heil Hitler, heil Hitler, coma chocolate! Sacou a metáfora? É super, super, superprofundo, cara! É isso, o que eu quero pra mim, pra minha vida. Pode faltar tudo, faltar pão, a grana do aluguel, só não pode me faltar o néctar dos deuses: a arte. Se não fosse o teatro, eu não sei, não... acho que eu tava pior que você. Tava parado no tempo lá atrás, trabalhando em qualquer lugar medíocre, casado, cheio de filhos... até Noé discriminou os solteiros em sua arca, mas eu não largo mão da minha vida de solteiro por nada neste mundo. A primeira liberdade de um homem deve ser a sexual! E você, o que foi que fez da sua vida? Aposto que tem um monte de coisa que você pensou em fazer e não teve coragem. É a sua cara não ter coragem! Já eu, eu sou só coragem da cabeça aos pés. Bicho, é barra! Aqui, na cidade grande, as pessoas não existem, eu vivo fugindo da melancolia. Elas são pura paisagem, e eu tô cansado de tanta paisagem. No interior você não é apenas um, você existe de fato! É por isso que...

"Por ser de lá..."

É você que tá me trazendo essas coisas. Eu nunca senti saudade de lá do buraco que a gente veio.

*(Sai. Canta de fora.)*

"... do sertão, lá do cerrado..."

# ENFERMEIRA II

QUEM: Volumosa, exibida, veste branco no corpo e vermelho nos lábios impecáveis.

STATUS: Interessada no *hippie* suspeito.

*(Grita para fora.)*

Tchau! Qualquer coisa, é só procurar, viu, exótico? Eu atendo UTI, pronto-socorro... *(Entrando no quarto:)* Leito 18, quem é essa coisinha estranha? É seu irmão, é? Tem uma cara de bandido! Um aspecto sujo, marginal! Tá escondendo o jogo, hein? A gente não pode mais confiar em ninguém, nem num paciente em coma, que horror! Só por isso, vou deixar você aí no frio, deitado nessa poça de mijo, seu mijão!

Tá pensando que é isso o que eu queria da vida, é? Limpar mijo de doente? Quando eu era moça, ingênua, vinda do interior, queria ser médica, mas não passei no vestibular, tentei sete vezes. Depois mudei, fiz pra Enfermagem, quatro vezes e não passei, também. Aí, eu acabei ingressando num curso técnico de auxiliar de Enfermagem na Barroquinha e, aí, sim, eu me descobri: nasci pra ser auxiliar de Enfermagem. A verdade é uma só, Leito 18: sem as auxiliares, médico não é nada. Somos nós que fazemos o trabalho sujo!

Enfermeira é uma profissão obsoleta, fora de moda. Quem é que precisa de enfermeira se somos nós, as auxiliares, que levamos o hospital nas costas? Mas a vida não é justa. Veja Moacyr Augusto, ele não poderia ser um pouquinho mais sem classe? Esse exótico que saiu daqui, por exemplo, eu me dei, sou uma pessoa fácil de dar. *(Lembra:)* Uma cara de ordinário... *(Para o paciente:)* Sabe que, com ele, eu tive a mesma sensação de já conhecer de algum lugar? *(Pensa alto:)* Não posso esquecer de limpar o banheiro! *(Sai para o banheiro. Fala de fora:)* Aliás, toda vez que eu olho pra você, eu me lembro de mim. Engraçado, né? Também a sua cara não tem nada de peculiar e nem a minha, não é verdade? Vai ver que a gente é parecido, mesmo, vai ver que, se eu fosse homem, seria igual a você; e se você fosse mulher, seria igual a mim. Pronto, acabei. Mas tarde eu volto pra colocar a conversa em dia. Tá na hora de embalar os presuntos. Adoro! Até. *(Sai.)*

# BANCÁRIO

QUEM: Um homem exato, vestido milimetricamente de terno.

STATUS: Agarrado a certezas com medo do fim.

*(Entrando timidamente em cena, com um saquinho com frutas na mão.)* Comprei umas frutas. Tá na época de caju... Comprei caju. Você ainda gosta, não gosta? É, lembrei disso. Quanto tempo que a gente não se via, não é? Muito trabalho, essa vida da gente cheia de trabalho, de conta pra pagar, quando a gente olha pra trás, o tempo passou e a gente não fez nada a não ser trabalhar e pagar conta, trabalhar e pagar conta. A gente nasce, cresce, reproduz e morre. Coitado dos anões..., eles só nascem. Tem sempre alguém pior que a gente! *(Pausa.)* O médico disse que a visita é de cinco minutos, não dá nem pra colocar o papo em dia. Eu já passei dos trinta e nunca fiz nada genial. Nem ganhei o meu primeiro milhão. Isso poderia fazer de mim um frustrado. Mas não fez. Graças a Deus, eu lido bem com o fato de ser normal. 0% é o percentual da população mundial que já visitou o planeta Marte. A maioria das pessoas é como eu: comum.

Você, não, sempre fez questão de ser especial. Eu lembro quando a gente era menino e vivia tentando voar, lembra? A gente construiu até umas asas de palha... Que ridículo, os dois esborrachados no chão! A gente querendo voar, e a galinha, que tem asas... o tempo recorde de voo de uma galinha é de 13 segundos. 13 segundos! Veja você, se é pra dar um voo ridículo desses, eu prefiro não voar. Eu, se fosse galinha, teria vergonha de voar só 13 segundos. Era bom, aquele tempo, não era?

Às vezes, eu me arrependo de ter vindo embora de lá. Será que eu não seria mais feliz se tivesse ficado? Não que eu não seja feliz, mas a vida anda difícil, né? Pra você, então, deve estar um horror. Este hospital deve custar uma fortuna. Tudo caro, o custo de vida pela hora da morte. Quer dizer, eu não quis falar em morte. Eu falei, mas foi com outra intenção. Você vai sair dessa! Eu já soube de muitos casos de pessoas que ficaram assim no seu estado, desenganadas mesmo, e aconteceu um milagre e a pessoa sobreviveu. Quero dizer: eu disse milagre, mas eu queria dizer que você não vai morrer... morrer, morrer vai, quem é que não vai morrer? Todos nós vamos, mas não morrer agora, entendeu? Sofre menos quem morre consciente que tá morrendo. Outro dia eu li uma pesquisa de uns cientistas da Guatemala, onde eles afirmavam que 7 minutos é o tempo médio que uma pessoa normal demora para morrer. Rápido, não é? Eu me lembrei de Ayrton Senna, será que foram 7 minutos? E os Mamonas Assassinas? O avião caiu, explodiu, isso deve ter demorado uns 3 minutos e os outros 4? Ou será que sete minutos são só pra quem morre de doença? Mas também é bobagem, acho que, quando a gente estiver pra morrer, deve partir tranquilo. Só uma pessoa em cada 2 bilhões vai viver mais de 116 anos. A vida é só uma passagem! A gente vai andando, vai andando e depois anda mais e mais até que, um dia, a gente vai andar por outras bandas. Isso pra quem acredita em espírito. Você sabia que os destros vivem em média 9 anos a mais do que os canhotos? Eu sou canhoto e sempre tive a intuição de que iria morrer cedo. Acho até estranho estar vivo até hoje. O ser humano não vale nada, mesmo, é verdade. A gente tá vivo e, num piscar de olhos, não estamos mais aqui. 100 pessoas, em média, por ano se engasgam até à morte com tampa de caneta. Na dúvida eu tirei todos os bocais das minhas canetas. Imagine, eu morto com aquela tampa azul da Bic atravessada na garganta! Porque, ô coisa gostosa é mastigar aquele bocal, não é? Mas o perigo mora do lado do prazer, ali coladinho. Mais de 11 mil pessoas por ano têm acidentes por praticar novas posições sexuais. É, tem que tomar muito cuidado: vacilou, morreu! Depois que eu descobri que a força necessária para dar três espirros consecutivos queima exatamente o mesmo número de calorias que um orgasmo, eu ando preferindo um resfriado a sexo. É mais seguro! Pelo menos, resfriado não tem que levar pra jantar, nem conversar depois. Já é comprovado cientificamente que 98% das pessoas sentem-se melhor depois de descarregarem o autoclismo. Você sabe o que é autoclismo, não sabe? Não sabe, não? Relaxe, quase ninguém sabe! E também não tem nada a ver com sexo. É que eu achei interessante a afirmação assim tão categórica sobre a importância do autoclismo, mas não tem nada a ver com o que a gente tava falando.

Eu nunca imaginei que um dia eu iria te ver assim, jogado numa cama, você que sempre foi brilhante, cheio de vida! Eu não, sempre fui normal. Se fosse eu aí, nessa cama, era mais fácil de entender. Me formei cedo, vivi a vida querendo ser alguma coisa especial, ter dinheiro. Todo mundo lá no interior acha que eu tô rico, porque sou caixa de Banco. Acho que eles pensam que aquele dinheiro todo é meu. Eles acham que eu gosto de passar o dia inteiro olhando para aquela fila de gente sem dinheiro. Em média, um ser humano de 60 anos passa 8 anos de sua vida em filas de espera. É bastante tempo, não é? Vai ver que é por isso que eles acham que ser caixa é importante. Vai ver que é, né? Mas é chato.

Outro dia eu fiquei pensando que, se eu fosse um porco, eu seria mais feliz. É, não ria não. O orgasmo do porco dura 30 minutos. Safados, esses porquinhos, hein? Meia hora?! Os porcos é que são felizes! E a gente morria de medo até de brincar debaixo da chuva. Mãe dizia que um relâmpago poderia pegar a gente. Uma vez, um raio derrubou uma árvore lá no quintal, lembra? Depois da chuva, todo mundo foi pra lá ver o estrago, comentar... é de 1 em 1 milhão a probabilidade de se morrer atingido por um relâmpago. E a gente, morrendo de medo! Os animais é que são felizes, vê se porco corre de chuva! Ele fica lá bem da dele, relaxado..., também, né? Meia hora! Isso sem falar no leão. Sabia que eles copulam 50 vezes por dia? Assim, até eu virava rei da selva.

*(Resmunga:)* 50 vezes! Meia hora! E quem é que liga pra orgasmo? Uma descarga de reações químicas em cascata! A espécie humana tem quatro milhões de receptores na pele que captam os carinhos recebidos e enviam mensagem de prazer ao cérebro. Este manda as glândulas liberarem cortisona, açúcares e adrenalina no sangue. O coração e a respiração disparam, o metabolismo se acelera, os vasos capilares se dilatam, a pele fica ruborizada e a temperatura do corpo aumenta. O cérebro, então, libera dopamina – hormônio antidepressivo. Quando a mistura chega ao ponto de ebulição, o sistema nervoso envia acetilcolina – hormônio antagonista das substâncias excitantes. A súbita interrupção causa um espasmo que o corpo, no limite do estresse, com uma corda de violino esticada ao máximo, recebe com o maior prazer – é o orgasmo. Tanta gente vive sem!

*(Olha no relógio:)* Olhe, já passou da hora da visita. Eu aqui, falando, falando, você deve estar querendo descansar, não é? Então, até qualquer dia. Foi um prazer rever você, mesmo assim, nessa situação. *(Vai saindo e volta.)* Sabe a sensação que eu tenho? É que a vida passa rápido demais. Não dá nem tempo de a gente aprender a viver direito. Se a gente dormir, em média, 8 horas por dia, aos 50 anos teremos dormido 13 anos. Imagine, 13 anos dormindo! Agora eu vou de verdade. Se der tempo, eu volto pra te visitar. Se der, eu volto, com certeza. 96% das pessoas que dizem que vão arranjar um tempinho para alguma coisa não arranjam tempo nenhum. Até.

*(Sai. Durante um tempo, ouvimos o som das máquinas.)*

## ATO CONTÍNUO – CENAS ENTRELAÇADAS: QUEM TÁ NO INFERNO ABRAÇA O DIABO!

*(Diante do corpo morto caído ao chão, sem qualquer dignidade.)*

*Seguimos vivendo assim: dias bons e outros piores!*

# PERSONAGENS:

**Sheila** – dona de casa, por volta de 40 anos de idade, casada com um funcionário público. Rotina monótona, entediada, cheia de fantasias e desejos ocultos.

**Haroldo** – assassino, homem aparentemente pacato, por volta de 45 anos de idade, solitário.

**Charles** – jovem com síndrome de Peter Pan, aproximadamente 20 anos de idade, depressivo, suicida, indeciso, vítima da própria imagem, do conceito que construiu de si.

## CENÁRIO:

*São três esquinas. No primeiro plano, vemos uma ponte e sua balaustrada. No segundo, temos a entrada de um bar: Acapulco Drinks, de onde vemos algumas mesas e o balcão de bebidas. No terceiro, uma ruína, a entrada vedada por estacas de uma igreja abandonada. Trata-se de um bairro urbano em uma cidade moderna, cheia de carros, sombras e sujeira.*

**OBS.:** Os três personagens nunca se encontram. São três monólogos que evoluem de maneira entrecortada, traçando o painel de uma noite de quinta-feira.

# CENA 1

*(ACAPULCO DRINKS – TARDE. Sheila aparece em frente ao bar, vestida como uma garota de programa: bota, saia curta, peruca e uma grande bolsa vermelha. Ela tenta aparentar familiaridade com o ambiente, mas denota certo desconforto.)*

**SHEILA**

Acapulco Drinks. É aqui. Vou entrar. Será que ele já chegou? Está lá dentro, tomando um Gim. Ele adora Gim. Muito amargo... Martini, com certeza, é muito melhor. "Ninguém mais bebe Martini, desde a década de 90!" – ele diz isso toda vez que eu peço um. Mas eu gosto. Eu nem ligo! Bebo mesmo, e com azeitona dentro! Acho chique! *(Tenta olhar para dentro.)* Escuro! Será que é este mesmo, o endereço? *(Abre a bolsa e tira um papel.)* Rua Santa Ifigênia, 14. Sem dúvida, é aqui. É até sacrilégio, um inferninho desses, na rua da santa. Coitada! Santa Ifigênia! Também ninguém sabe quem é essa santa... Azar. Ele falou até da lata do lixo na frente. É aqui mesmo. Ele está por aqui... de fora... me olhando... Cachorro! *(Olha ao redor.)* Isso é bem a cara dele, ficar me olhando de longe... E se masturbar enquanto me olha. Vou fingir que não sei que ele está me olhando. Vai ficar louco com isso. Ele nunca me viu assim, vestida deste jeito. *(Sheila abre a bolsa, tira o batom, passa com erotismo. Guarda. Todo o tempo, olha ao redor.)* A esta altura, já deve ter até gozado. Ele goza muito rápido... Sempre. Muito rápido... Sempre. E pouco. Besteira minha, ficar prestando atenção nisso. Mas eu presto. *(Falando em voz alta para si própria:)* Para! Para de pensar besteira! A quantidade de esperma não tem nenhuma ligação com o tamanho do prazer. Você leu isso na reportagem! Não tem nada a ver. Idiota. *(Reflete sozinha:)* Pelo menos, ele goza... E várias vezes. E como eu tenho pouco tempo, às vezes, é bom, isso de ser rápido. Hum! *(Sorri.)* E se ele não estiver me reconhecendo com essa peruca? Não disse a ele que viria de peruca... pra fazer surpresa! Melhor tirar! Será que ele quer que eu entre antes, e fique esperando? É incrível! Os homens querem sempre o que eles não dizem que querem. E a gente nunca sabe o que eles querem de verdade. *(Assusta-se com um barulho de copo quebrando.)* Mas esse lugar... Parece perigoso... Muito perigoso. Vai que um homem desses me aborda, acha que sou uma... uma puta desocupada, que não tem um encontro, que não tem com quem contar. Senta na minha mesa, me paga um *drink*, e fica me dizendo coisas ordinárias no ouvido, enquanto passa a mão nas minhas coxas? Daqueles homens sujos, suados... com resto de carne nos dentes... Até que pode ser bom, porque aí, de repente, ele vai entrar no bar, vir até minha mesa, e dizer pro sujeito: "Dá o fora. Essa puta é minha!" Ele é bem capaz disso. Conheço! *(Olha no relógio.)* Três e quinze... Entro ou não entro? Que raiva que eu tenho dessa minha dúvida! Parece que eu tenho sempre que ter uma autorização pra tudo. Acho que ele quer que eu entre, como uma puta normal, senão tinha marcado num restaurante fino, na praça... Ou pra tomar um sorvete. E ele sabe que eu adoro sorvete! *(Olha no relógio.)* Tenho tempo, ainda. Vou entrar, acho que é isso. *(Vira para entrar e para.)* Eu até pensei em me arrepender de ter vindo. E devia mesmo. É o que uma mulher decente faria. Hum! Idiota! É muita perda de tempo, se arrepender de fazer uma coisa que você já fez. Eu vou entrar.

*(Sheila entra decidida no bar.)*

# CENA 2

*(RUÍNA DA IGREJA – TARDE. Haroldo surge de dentro da ruína todo sujo de sangue. Parece cansado, porém tranquilo. A figura dele é pacífica. Está de terno, gravata desalinhada, sujo de sangue. Olha ao redor e cheira o sangue nas mãos.)*

**HAROLDO**

Hoje é tão fácil matar. Qualquer um mata. Morrer não tem mais graça nenhuma. Cheiro de ferro! Sangue de menstruação é assim... Tem cheiro de ferro! É um sangue ralo... Gruda nos dedos... A vadia me arranhou na cara... Gosto disso! Gosto de matar mulher. É sempre melhor quando é mulher. Elas lutam até o fim. E uma grávida... Acho até que ele não sabia que ela estava grávida. Ele não veio, não deve ter tido coragem de ver o feito, ou não acreditou que eu seria capaz. Mas eu sou. Não me conhece! Muito sangue... Tem que ter estômago, e eu tenho. *(Para e fica observando o corpo ensanguentado.)* Vou levar o feto pra ele... Aí o babaca vai acreditar que sou amigo de verdade. Comigo não tem meio amigo: ou é, ou não é. E se um amigo me diz que daria tudo pra matar, eu mato. Por amizade. Sou assim: fiel. Cão de guarda. Não me custa quase nada! Só tempo. E, se é amigo de verdade, pra mim não tem "mas" nem "meio mas". É fácil assim. Só é esta, a nossa responsabilidade: saber viver, porque morrer é fácil demais. E não é? Quem vai dizer que não? É. Nessa, foram dois ao invés de um. *(Ri.)* É isso. Vou enrolar o feto num jornal, e colocar em cima da mesa dele! "Tá aqui seu filho, garanhão!" *(Ri.)* Ele não me disse que comia ela, mas eu sei que ele comia. Tenho essa certeza desde o começo. Vai ficar louco, capaz até de se arrepender de ter desejado tanto a morte da fulana. É bom, quando alguém se arrepende de fazer uma coisa que não tem volta. É o único desespero puro. O único verdadeiro! É o que não tem remédio. Como se até um verme fosse melhor do que você. É assim que ele vai ficar, com cara de paspalho. Pai do feto morto! Matou a vadia e o filho, juntos, num pacote só. Um combo. *(Ri.)* Deve ser filho dele... só pode! Por que ele desejaria tanto matar se não fosse por isso? Só pode ser o filho. Ele queria matar era o filho, não a mulher... Canalha! Safado... E nem me disse nada. Será que ele já sabia? Sabia e não me avisou. Queria tudo no pacote. Mate a mãe e degole o filho! Quando eu meti a faca no bucho... Que eu senti o volume... O bicho já tava do tamanho de um rato... Três meses pra lá. Como era cheinha, não dava pra notar. E foi o primeiro que morreu. Foi por isso que ele estava tão angustiado, sem saber o que fazer... E, naquele dia, encheu a cara e me pediu: "Se você for meu amigo, me ajuda a acabar com essa vagabunda!" Eu sei reconhecer um pedido de socorro quando eu ouço um. Aquilo era desespero, eu sei que era. Foi honesto quando falou de tudo o que estava passando. E ainda mais essa criança. Muita sacanagem da vadia! E a cara dela, segurando a barriga, tentando proteger o filhinho... Patético! *(Ri.)* Antes de morrer, ainda teve tempo de chorar pelo fruto desse amor. É bonito, isso! Melhor eu não contar nada disso pra ele. Que ela chorou, não vou contar. De jeito nenhum. Pode deixá-lo um pouco nauseado... Vou telefonar... *(Tira o celular do bolso, liga.)* Alô! Não disse a você que faria? Fiz! Tá feito.

# CENA 3

*(DO ALTO DA PONTE – NOITE. Charles é um homem despojado, usa roupa adolescente, apesar de já ser adulto. Veste camiseta do Mickey, bermudão jeans e tênis. Ele sobe na murada de uma ponte, segura-se num ferro e observa a altura de onde pretende jogar-se.)*

**CHARLES**

Ninguém! Agora é comigo. Não é possível que eu não morra hoje. Só se eu for realmente muito incompetente... Um covarde, um tremendo covarde. Um covarde completo! Se eu não morrer hoje, como é que eu vou me olhar no espelho? É noite... Tá frio. Perfeito pra morrer. Nunca vi uma noite mais perfeita que esta pra morrer. É! Porque morrer debaixo do sol, ou numa praia... Não tem nada a ver... Nem combina. Parece morte de quem não quer morrer de verdade. Quem quer morrer, assim, no duro? É melhor no final da tarde, no mínimo numa noite assim como esta, ou num dia de chuva. Será que é melhor esperar o inverno? Morrer num dia de chuva seria bom. Bem que poderia chover hoje, aqui. Ficaria tudo perfeito! A morte sempre foi uma ideia muito próxima de mim. Um pensamento que vai e vem todos os dias na minha cabeça. Como se esse pensamento fosse capaz de ouvir o que todos os meus outros pensamentos dizem... e me boicotar... Sempre me boicotando, me colocando em xeque. Por que eu não consigo?

Hoje eu acordei com uma sensação de que o dia não vai terminar. Agosto... ótimo mês pra morrer. Pelo menos eu acho. O oitavo mês, onde os ciclos se fecham... Agosto, mês do desgosto... Ótimo pra um cadáver. Tudo certo... e eu não consigo! O pior é que eu penso sempre, e nunca me matei. Parece que eu tô ouvindo a voz dele, dizendo: "Charles! É normal!" Essa é a pior forma de me fazer desistir. Nem esse sentimento em mim é original? Verdadeiro? Um terapeuta pode ser o seu pior inimigo. Eu disse a ele: "Ou eu te destruo, ou você acaba comigo. Tá feita a dívida." E ele, cínico, ignorou e disse na minha cara: "Charles! A maior parte das pessoas, pelo menos em algum momento da vida, pensa em se matar. E só 0,04% efetivamente se mata." Ele diz que é normal! Anormal é quem se mata. 0,04%... Efetivamente... Então, especial seria se eu realmente me matasse. É isso que eu estava querendo dizer. Ele me empurra pro 0,04% com a cara mais cínica do mundo. Como se quisesse me odiar sem poder. Me mata sem ter culpa alguma. Se eu me mato, na verdade é ele quem está me matando, porque eu tô morrendo por causa do 0,04%, pela minha necessidade de ser especial, de estar no efetivamente seleto grupo dos 0,04%.

Os olhos dele brilham quando ele fala nos 0,04%. Ninguém memoriza um percentual insignificante desses se não for importante. E é importante. Eu memorizei o percentual... Quem se mata é eterno. De alguma forma, ele tava me empurrando pra morte. Ele sabia que eu precisava disso. Mas como eu não consigo me matar, eu sou... normal. Normal! Normalmente, eu quero matar meu terapeuta também. "Charles, este mundo é repleto de zumbis vagando pela vida dos outros. Todos fracassados." Ele me diz isso em quase todas as sessões. Eu pensei várias vezes: mato ele, depois me mato... Meu terapeuta é meio meu pai... me chuta o saco. Meio minha mãe... me puxa o saco. E meio minha puta... me lambe o saco também. Arrumei essa metáfora pra ficar mais claro em que papéis ele se colocava na minha vida. E isso foi fundamental no processo todo. Foi bom ter dado um ponto final naquela relação.

Não é certo que uma pessoa seja tanta gente assim na vida do outro. Principalmente alguém que é pago pra estar na sua vida apenas profissionalmente. Aquele tratamento não tinha pra onde avançar. A dívida entre a gente ficou muito grande! Ficou entre a gente, essa dívida. E eu falei a ele da dívida.

Anos e anos tentando entender o que se passa aqui dentro. Falando, emendando coisas, lembranças... E parece que, a cada dia, tudo ia ficando mais sem sentido. É completamente frustrante se conformar com o "normal"! Depois eu descobri que muita gente, em algum momento da terapia, tem vontade de matar o terapeuta. Isso também é "normal"! Até me senti uma pessoa melhor com isso. A minha normalidade foi útil, nisso. Pelo menos. De tudo, o que restou foi um ódio mortal de Alan Kardec.

# CENA 4

*(ACAPULCO DRINKS – TARDE. Dentro do bar. Sheila tem um copo de vodca nas mãos.)*

**SHEILA**

Mais de uma hora e nada. Que fedor, neste lugar... E tem mosca. Eu odeio mosca. Quando eu casei, tentei de tudo pra gostar das moscas. Afinal, elas não fazem mal, não mordem... Mas não tem jeito. Quanto mais a gente espanta, quanto mais bate nelas, mais elas voltam e rondam você. Como se estivessem desafiando. Mosca não tem autoestima nenhuma. E pousam em tudo o que não presta! Eu tinha uma raiva incontrolável das moscas. Matava cada uma delas com uma violência incrível. Com o mesmo golpe, eu seria capaz de matar uma pessoa. Sempre matei... Desde menina. Até o dia em que eu descobri que as moscas **têm** um período de vida muito curto. Várias delas só vivem um dia. Aquilo mexeu comigo. A maioria das moscas nasce de madrugada, reproduz-se de dia e morre na madrugada seguinte. É triste, isso. Então, eu entendi minha raiva. Na verdade, o problema é que eu me identifico com as moscas... Um lugar cheio de moscas, com certeza, é sujo, é fedorento... É assim que eu me sinto, nascendo e morrendo todo dia, sem descanso. Melhor eu dançar pra espantar as moscas. Só tem homem aqui... e eles devem feder... senão, não teriam tantas moscas.

Estão me olhando. Uma mulher no meio da tarde, num lugar vagabundo destes... Só pode estar querendo trepar, ou ganhar... dinheiro. Quem sabe, eu dançando, não disfarço... Pelo menos eles vão ter certeza do que eu estou querendo... Trepar! *(Dança oferecida.)* Tem até um japonês aqui. Ou será coreano? Chinês não é. Mas é tudo parecido. Acho que é coreano, porque está de roupa social e tênis. Só coreano usa tênis em qualquer situação. Coreano parece um japonês que engordou... só na cara. Tenho certeza: esse é coreano! Pra mim, no fundo, coreano e japonês é tudo igual. Prefiro que seja japonês. Sempre quis ser comida por um japonês. Dizem que japonês só come de pauzinho! *(Ri.)* Eu queria saber se na hora H, que ele me penetrasse com força, era capaz de arregalar aquele olho puxado e soltar um grunhido. Eu queria ver a pupila de um japonês. É um sonho.

Acho que vou comprar um filme pornô japonês e ir pra casa! Melhor, mais seguro, mais higiênico. Pode ser a opção mais acertada, mesmo. A masturbação melhora, e muito, com a prática. É didático! Nunca me dei muito bem, mas tenho melhorado. Sei que posso melhorar. Da última vez, nem sangrou! Nem estou mais me irritando tanto com os movimentos repetidos... Perdia sempre a medida e acabava me ferindo. Não me dou bem comigo mesma... Assim, sozinha, e aquela coisa toda! Sempre fui louca por japonês, desde menina! E nem ligo se for realmente pequeno... Não faz a menor diferença... Todo mundo falava: é pequeno. Que nada! Os filmes são ótimos. Gosto de filmes com estilo. É vulgar, mas tem estilo... Um pouco de estilo, pelo amor de Deus!

Ah! Acho que os orientais devem ter um cuidado todo especial com as mulheres, uma delicadeza em tocar nas nossas partes! Acho bonito, até me comove. Acho que, se um japonês me masturbasse, eu choraria ali na frente dele... loucamente! Mas nunca estive com um, é tudo só imaginação. Só nos filmes. Será que existe filme pornô japonês, só com japoneses? Eu já vi japonês em filme pornô, um ou outro, assim, no meio da coisa, mas será que tem filme de japonês com japonês? Nunca ouvi falar. Mas eles fazem sushi, né? E, pra fazer aqueles bolinhos, precisa ser delicado com as mãos. Enfim! Seria bom. Ou pelo menos eu acho que seria! Sei que ver filme pornô é um sinal de vulgaridade. Mas eu gosto... O que é que eu posso fazer? Ocupa minhas tardes e me faz companhia. E transar com um japonês deve ser quase uma relação lésbica... Gosto disso! Não de mulher: de ter uma relação lésbica com um japonês. Mas, se uma mulher quiser transar comigo hoje, eu topo. Topo sim.

Não sou eu, hoje eu sou uma personagem. Imagine se eu, eu mesma, estaria num bar chamado Acapulco Drinks no meio da tarde de uma quinta-feira, vestida deste jeito. É claro que não sou eu. Imagine! E muito menos ficaria esperando uma pessoa que está atrasada mais de uma hora. Não sou dessas! Sou do tipo que não espera por ninguém. E ele? Cadê que não aparece... Nada! Hum... Até que o Coreia é boa pinta! Garçom, mais uma vodca, preciso me animar... Se ele não aparecer, eu juro que vou pegar esse japonês de araque! *(Sai dançando pelo salão.)*

# CENA 5

*(RUÍNA DA IGREJA – TARDE. Sentado na ruína, com ar obsessivo.)*

**HAROLDO**

Ele ainda teve a coragem de me perguntar se ela sofreu! *(Vai até o corpo morto.)* E aí? Foi bom pra você? *(Afasta-se do corpo.)* Como se ela pudesse dar uma nota! Já era! Ele nem quis saber o que foi que eu senti na hora. O que foi que eu senti na hora que eu matei por ele. Sei lá o que eu senti! Mas eu queria que ele perguntasse. Era o que eu esperava dele. Nem tomar uma bebida comigo ele aceitou, disse que não tinha condições. Eu mato, ela morre, e ele é que fica sem condições. O que é não ter condições? "Eu pago o drink!" Ainda disse isso: "Eu pago, amigão! Estou muito abalado! Não esperava..." Não esperava? Como assim, não esperava? Ele me pediu, implorou até... Ontem mesmo estava chorando na minha frente... desesperado pela morte dela. E agora: "Não esperava!" Me pergunta "como tive coragem"? Na hora, eu não penso em nada! Simplesmente puxo o gatilho. Eu penso, sim... penso em não falhar. Tem que ser um só... e na cara.

Desde o começo, foi assim... Tinha que acertar de primeira. Era uma brincadeira, mas pra mim era sério. Falhar nunca. Pegava um bicho qualquer, amarrava e cortava pedaço por pedaço até ele morrer! Foi assim que eu aprendi que os ratos vivem até sem cabeça. Um dia separamos a cabeça do corpo, e o rato, ainda assim, ficou vivo, abanava o rabinho. Vivo, o desgraçado! Brincadeira inocente de criança! Mas, pra mim, era sério. Depois a gente voltava pra casa, tomava um copo de leite morno e dormia. Sempre sonho com a cabeça do rato separada do corpo. Durante um tempo, menino ainda, eu e meu amigo matamos animais... em série. Aquilo era bom demais, não dava pra parar. Matamos gato, cachorro, passarinho. Até um cágado a gente estraçalhou. Minha mãe tinha horror de cágado! Coloquei o bicho embaixo da roda de um caminhão parado e falei: "Saia da casca, que você vai morrer." Ele não saiu. Eu dei a chance, e ele não saiu. O caminhão passou e... Morreu.

De repente, fazer aquilo já não era tão bom. Não bastava latido nem miado de cachorro. Um dia, sangramos um menino. Não era pra matar... era brincadeira de menino. Mas foi tão... natural. Sei lá quem era o menino... Só lembro que era preto. Fizemos questão de pegar um pretinho, qualquer um desses da rua... e sangrar, sangrar na faca pra ver como era uma pessoa por dentro. Mas não foi tão diferente como a gente pensava. Na hora da morte, gente urra que nem bicho... Não fez diferença nenhuma. Voltei pra casa, tomei meu leite... e dormi. Engraçado! No dia seguinte, eu não sabia se tinha sido um sonho, ou se tinha acontecido de verdade. Nem eu nem meu amigo tocamos no assunto. Até porque, mesmo antes, eu já tinha feito isso, ou achava que já tinha feito isso. E tem sido assim. Apaga tudo na minha cabeça. Fica como uma dúvida... um sonho.

Um dia, eu tentei não dormir, pra segurar a memória com todos os detalhes de tudo o que a gente tinha feito. Queria prolongar aquela sensação boa, e não dormir. Se dormir, acaba. Às vezes eu acho que matei uma pessoa, e no dia seguinte cruzo com ela na rua. Ou imagino que estou vendo a pessoa vivinha da silva e ela morreu de câncer. A minha cabeça inventa coisas, me engana! Como se estivesse andando no mangue, num piso de lama que vai me puxando pra baixo. O que aconteceu e o que não aconteceu andam lado a lado. Não sei se eu matei, ou se foi sonho. É estranho, mas é bom, ao mesmo tempo.

Hoje eu não vou dormir! Depois de matar o menino, ou sonhar que matamos... já nem sei... meu amigo se arrependeu. Ele tinha certeza que tinha matado, e se arrependeu do que fez. Disse que não iria mais me acompanhar... que aquilo de matar não era certo, e tantas coisas que... Eu não sabia do que ele estava falando. Não sabia: juro. Mas ele gritava, dizia que eu era culpado, que fui eu que matei. Chorava muito, até babava como eu nunca tinha visto antes. Matei ele. Ou eu acho que matei. Ou ele foi embora e nunca mais falou comigo. Cresci pensando em matar meu amigo. Ele tinha que morrer. Matei? Assim que arrumei um revólver dei dois tiros na cara dele. Eu tenho certeza disso. E fiquei dias e dias sem dormir pra não esquecer. Acho que foi assim que ele morreu... Na saída de uma festa. Acho que foi um assalto! Os ladrões fugiram sem deixar rastro. Tomei um tiro na minha perna... Ou eu mesmo dei o tiro pra ter um álibi... na minha perna... Foi assim. Acho que foi... Ou eu sonhei que tinha sido assim. Chorei muito, mas era preciso... Gostava muito dele... E minha perna nunca mais foi a mesma.

O que ele não conseguiu entender é que, do lugar onde a gente estava, era mais perto avançar, cruzar a linha, do que voltar pra trás. Matar é uma forma de amizade. Por isso matei essa mulher: por amizade. Ele me pediu, implorou até. Agora diz que não imaginava, que está surpreso e abalado, e que por isso não pode tomar uma bebida comigo. Ele está recuando, andando para trás que nem meu amigo. Ele está com medo do que fez. Porque foi ele quem fez. Eu só agi, e fiz por ele, e ele sabe disso. Andar pra trás é a única coisa que, para mim, não combina com amizade. Amigo de verdade vai até o fim. Eu fui. Ele voltou.

Neste mundo, ou a gente mata, ou morre. Quando eu era menino foi bom matar alguém que eu conhecia... e completamente fácil. Pobre, quando morre, tá fazendo até um favor, né? *(Ri.)* Um grande favor pras pessoas de bem, como eu! Essa é a verdade! Prefiro matar. Sem dúvida. Tanta gente respira aliviado quando morre um pobre. Se soubessem, me davam até um prêmio por matar aquele meu amigo. E não me custa quase nada matar outro. Os bichos, a gente conhecia, tínhamos até afeição. Foi quando eu matei o meu amigo que eu entendi que não dava mais pra parar. Acho que hoje vou sonhar a noite inteira com bebês... Os bebês vão passear na minha cabeça, engatinhando...

# CENA 6

*(DO ALTO DA PONTE – NOITE. Sentado relaxadamente na murada da ponte.)*

**CHARLES**

E se ele estiver certo? E se eu me matar, e não adiantar nada? Se realmente existir outra vida, e até nessa outra vida a gente tiver que responder, que entender o que aconteceu nas vidas passadas? Estamos condenados a uma terapia eterna. Uma dívida que jamais será paga. É. A verdade é uma só: até aqui eu sou um fracassado. Um perfeito fracassado. Na terapia, eu fracassei. Mas agora eu estou aqui. E, se eu me jogar, posso ainda me salvar... Posso honrar todas as gerações de fracassados da minha família. Posso fazer algo verdadeiramente original. A morte não é ruim. Morrer ainda tem alguma dignidade... Mesmo neste mundo. Pelo menos na história de pessoas como eu. E eu não sinto culpa nenhuma por isso.

Meus pais eram fracassados, eu não poderia, mesmo, ser melhor! Meu pai adorava tocar flauta... Passava os fins de semana trancado em casa, tocando aquela maldita flauta de madeira... Horrível! Deve ser por isso que eu odeio música. Odeio! Toda e qualquer música me perturba. Até rádio de táxi, eu mando desligar. É incrível como as pessoas usam música pra tudo... Pra deixar você esperando no telefone, pra distrair sua atenção numa fila, pra vender produto, pra dizer que você está mais velho, pra eleger candidato. Eu odeio música! Acho patético quando a pessoa não está bem e coloca uma "musiquinha" pra relaxar. A morte! É tão melhor o silêncio.

No consultório do meu terapeuta, nunca toca música nenhuma... Quero dizer do outro... O anterior, que morreu e fazia curso de musicoterapia. Acho que ele também não gostava, mas sempre estava cantarolando alguma coisa. É. Ele morreu. Morreu atropelado na saída do consultório! Acho que é verdade... Muitos pacientes, em algum momento, pensam em matar o terapeuta... Outros matam. Pensei até em ficar triste por isso, mas não há sentido em ficar triste por causa da morte.

Mas, enfim, ele dizia: "Charles! O silêncio incomoda!" E ficava me olhando, sem dizer uma palavra, com os olhos arregalados, esperando uma reação minha... Qualquer uma. Pra começar, eu odiava aquela mania que ele tinha de começar todas as frases chamando o meu nome: "Charles!"... "Charles!". Parece que ele achava que eu não estava prestando a devida atenção, ou que eu mesmo não sabia quem eu era. E ele tinha que me chamar sempre: "Charles!" Quando ele falava do silêncio e ficava me olhando, eu não me mexia... Nenhum músculo... Nada! Só pra pirraçar.

*(Fica com olhos arregalados olhando ao redor. Longa pausa observando o público. Um grito de mulher assusta-o.)*

# CENA 7

*(ACAPULCO DRINKS – TARDE. Levemente embriagada.)*

**SHEILA**

Eu queria ter mamas enormes! Medida 48, sobrando pros lados. Grandes mesmo. Adoraria! Se tivesse tetas assim, eu já estava satisfeita. Os homens ficariam doidos por minhas mamas. Mas isso agora não importa. Como eu sou, posso ficar dando sopa nos lugares mais perigosos da cidade, e nada. Já fiz de tudo pra ser estuprada, e nunca dei sorte. É meu sonho! Sempre quis que isso me acontecesse. Li no jornal que, a cada duas horas, uma mulher é estuprada no Brasil. Eu devo ser mesmo muito incompetente, ou sem graça. Sonhei que eu era estuprada na praia por três árabes! Três de vez.... Uma arabeficina. Eu ficava arrasada. Era muito traumatizante. E também não sei por que eram árabes! Mas lembro que, no sonho, eu gostei. Foi na praia, era uma tarde de segunda-feira.

Pra quem quer que lhe aconteça algo de novo, a praia dia de semana é perfeito. Vagam nas areias os espíritos mais inquietos... Não é dia nem hora de estarem ali. Pessoas procurando respostas, pensando em suicídio... De repente aparece esse árabe, e me oferece cerveja. No sonho, eu tive medo... Não tinha ninguém por perto... E aquele homem me oferecendo aquele meio copo de cerveja quente... É claro que ele não achava que eu era do tipo que beberia meio copo de cerveja quente, e muito menos eu imaginava que o que ele queria de mim era se livrar da cerveja choca, quase morna. Se um dia isso me acontecesse, aceitaria a cerveja na hora, e beberia num gole só, deixando bem claro, pra ele, que tipo de mulher eu sou. Nessa hora, no sonho, apareciam mais dois árabes, amigos do primeiro... E eles me pegavam com uma brutalidade animal. Um deles dizia umas coisas que eu não entendia, mas tenho certeza que era baixaria, e já ia abaixando minha calcinha. Eu ficava acuada... sem saída! Sabe quando você fica completamente mudo? Sem reação? No sonho tinha uma trilha árabe, uns tambores e uma melodia tensa... Eu ficava muda de alegria. Completamente fascinada com tudo aquilo. Como eu já estava deitada na areia, não fiz nada a não ser fechar os olhos e rezar. Acontecia tudo bem rápido... Uns dez minutos no máximo. Eles nem tiravam a roupa. Colocavam os pintos pra fora, pelo lado mesmo da cueca, e me comiam ali, em cima da areia quente. Eu ficava ali caída na areia. Via o pinto dos árabes, e lembrava de quibe! Acho que é a única coisa árabe que eu conheço. No final do sonho eles fugiam. Eu me levantava, tomava um banho de mar, voltava pra casa, e preparava o jantar do meu marido. Quibe de forno! Feliz! Purificada! Pena que foi sonho... a praia. Mas, nesse dia, fiz um quibe delicioso pro meu marido. *(Para o balconista:)* Dá aqui outra dose!

# CENA 8

*(RUÍNA DA IGREJA – TARDE.)*

**HAROLDO**

Por que as pessoas não acreditam mais em amizade verdadeira? Nem eu deveria acreditar: balela. Depois que o meu amigo morreu, eu fui embora, fui porque não aguentava lembrar dele, como éramos amigos e como ele havia andado para trás e me deixado sozinho. Eu não conseguia aceitar como as coisas se encaixam perfeitamente num dia, e no outro não se reconhecem. Não pode! Não é pra ser assim. Por isso eu mato. É a forma que eu encontrei pra colocar cada coisa em seu lugar. Eu não mato ninguém por dinheiro, ou por sexo. Isso, sim, é uma coisa sem sentido algum. Pra tirar a vida de alguém tem que ser por algo maior. Eu acredito nisso. Uma amizade! Isso, sim, é motivo pra matar. Eu confiava nele... Confiava como um dia confiei no meu amigo de infância.

Tem horas que eu me sinto aquele menino, aquele moleque sem camisa, matando passarinhos. Depois que o meu amigo foi morto, ou eu o matei, fui morar com minha avó. Ela não gostava de mim, a desgraçada. Essa, sim, merecia morrer! Aliás nem ter nascido. Não tive coragem. Mas tá aí, foi melhor. Morreu de câncer, um tumor gigante que brotou da garganta dela e foi matando ela sem ar. Acompanhei tudo bem de perto, o mais perto que eu consegui. E, no dia que ela morreu, eu sentei na cara dela. Literalmente. Sentei na cara dela com a minha bunda e tomei uma caneca de café em cima dela. Morreu parecendo uma alienígena. A doença tomou todo o corpo como uma grande ferida. Não movi uma palha. Só degustei aquele espetáculo.

Sofri muito na mão daquela velha. E até hoje não sei por que não a matei. Quando me mudei, toda tarde eu pegava o metrô pra bem longe da minha casa, cada dia pra uma linha, e comecei a ajudar velhos na saída dos supermercados... Procurava um e ficava na porta, só esperando um velho. É porque não tem um lugar mais fácil, pra encontrar velho, velho de verdade, do que supermercado. Velho adora supermercado, eles adoram comer, ou é só pra atazanar e engarrafar os corredores. Andam devagar, param a toda hora, reclamam de tudo, um inferno. O fato é que eu fui mudando de supermercado pra não marcar minha cara e encontrar velhos novos. Velhos novos! Engraçado querer velho novo. Foi assim que eu comecei a minha história sozinho, sem o meu amigo. Conheci uma mulher que me levou pra casa dela e me fodeu. Aquilo era tão bom quanto matar. Ela tinha os seios e as coxas moles e brancos, e eu era só osso e pele, menino. Ela era branquela mesmo. Era meio gordinha, e toda aquela carne branca, alva daquele jeito. Passei meses e meses e só queria saber de deitar com aquela senhora. Eu acho que ela tinha a idade da minha avó, mas gostava de mim. Ela, sim, poderia ser a minha avó. Ela era boa pra mim. Me deixava fazer tudo o que eu queria, e de luz acesa. Aprendi com ela o que é mulher. E, nesse tempo, não tive mais nenhuma vontade de matar ninguém. Até que, um dia, ela apareceu com uma corda, amarrou no guarda-roupa e me pôs sentado numa cadeira, com a corda enrolada no meu pescoço. Qualquer movimento que eu fizesse, mais brusco, eu morreria enforcado. Então, ela amarrou minhas mãos, meus pés, encaixou-se toda em mim e fizemos sexo. Eu praticamente imóvel, com uma corda presa, arranhando meu pescoço, com medo de perder o equilíbrio, e ela excitada com a possibilidade de me matar. Ela gostou, parecia ter experiência nisso. E eu deixei ela me amarrar, porque queria aquele perigo. Tinha tudo preparado no guarda-roupa: a corda, as algemas, tudo. Eu gostei daquilo, e cada vez era uma forma nova de arriscar a vida. É esse o lugar bom de viver, na linha tênue entre estar vivo e morrer, entre o prazer e o medo. Todas as linhas da vida são muito próximas uma da outra.

É por isso que matar não importa. Morrer, sim, faz a diferença, mas matar? Não muda nada! Seguimos como antes, e pronto. Eu amei aquela velha branquela e quis muito que ela fosse feliz. Só que ela não era. Acho que nunca foi feliz. De vez em quando, dava um sorriso, mas o que a fazia feliz era a dor. E isso é triste. É triste quando você vive em busca da dor. Então, um dia, ela me pediu o pagamento por tudo o que havia me ensinado. Disse que eu devia a ela um favor, um favor grande. E eu fiz. Matei.

# CENA 9

*(DO ALTO DA PONTE – NOITE. Charles pensa alto.)*

**CHARLES**

Eu sinto que, às vezes, eu provoco tédio nas pessoas! E eu percebi de um jeito sem querer. Acho que vem daí a minha vontade de morrer. Um dia, eu me vi fora de mim mesmo. Parece que eu estou na vida errada! Que eu estou de figurante na minha própria vida. Como um filme... É, um filme... Pelo menos pra mim... parece. Só que eu não tenho nenhum *close*... Nem fala, eu tenho. Nada! Nem na minha história eu sou protagonista. Uma sensação que tem outras pessoas escrevendo a minha vida. E que eu sou levado acidentalmente a dizer o que eu digo, a fazer o que eu faço. Sinceramente, eu devo mesmo provocar tédio. Eu mesmo não me assistiria. Eu vou dizendo as coisas e tendo a sensação de que eu já ouvi tudo aquilo antes. Eu me vejo de fora. Como se eu fosse uma reprise de mim mesmo.

E é por isso que tudo em mim é tão artificial, sabe? Tudo que eu penso é normal... Nada é surpreendente, nem tem emoção, ou qualquer tipo de originalidade, ou coisa assim que faz com que os outros gostem de você, se apaixonem de verdade. É horrível, a sensação de ter uma câmera vigiando você, de dentro da sua cabeça... todos os dias... É 24 horas assim... Não para nunca. Vigiado! E a única coisa que eu planejo por conta própria é colocar um fim nesse longa-metragem. E sempre me escapole. Eu sigo vivo... Eu sou a prova viva da minha incompetência suicida. É estranho. Até que melhorou um pouco... depois da terapia.

Mas eu leio um livro e me vejo lá. E, algumas semanas depois, meses até, aquilo que eu li acontece. E mesmo sabendo aonde a coisa vai dar... eu sigo fielmente o roteiro, e deixo acontecer o que os outros pensaram pra mim. Como se eu fosse escravo de Sidney Sheldon. Até ele sabe mais do que vai acontecer na minha vida, do que eu.

# CENA 10

*(ACAPULCO DRINKS – TARDE. Cada vez mais alcoolizada.)*

**SHEILA**

Nunca sei se devo engolir ou cuspir! Eu sei que todo homem pede pra engolir... mas depois fica com nojo! Se, depois de engolir, ele me beijasse, tudo bem... Mas nenhum nunca me beijou. Nenhum! E todos pedem pra engolir. Minha vida toda eu engoli à toa. Não é sacrifício pra nenhuma mulher... engolir pra agradar... A gente engole coisa pior na vida. Agora, se a gente não engole, é desfeita! Ficam ofendidos como bezerros leiteiros... Sofro há anos pensando em como eliminar o esperma sem fazer parecer que eu tô com nojo! Uma noite, transei com um médico, e ele tentou me convencer: "Não há mal algum em engolir o esperma, desde que ele seja sadio." Agora, como é que eu vou saber disso? "Ai, amor! Segura um pouco... Deixa eu dar uma olhada no seu espermograma?!" Calcula-se que, numa ejaculação média, sejam liberados 4 centímetros cúbicos de esperma, pesando aproximadamente 4 gramas e contendo menos de 35 calorias, proteínas e gorduras. Já pesquisei... não engorda! E cada um é diferente. Aquele cheiro de água sanitária tem em todos. Por mais limpinho que seja, não tem jeito: é Brilux! Pior é quando inventa de tomar banho depois... Gruda tudo! Tem o amargo, tem o doce, o salgado e até o ácido... Uma amiga minha só engole do marido se ele comer maçã, banana, mamão, e em especial brócolis e aipo. Fico imaginado a hora do jantar... Ela vem com aquela vasilha de salada e de frutas... E ele pensa: "Safada! Hoje vai rolar leitinho na hora de dormir!" Patético. Mas diz que essas coisas melhoram o paladar.

Ah! E algumas bebidas alcoólicas, principalmente as fermentadas naturalmente, também fornecem um sabor agradável. O Japa já tá na sétima dose. Mas se for fumante, nem vá... Ai, eu já tentei muito cuspir com jeitinho... Não gosto de magoar ninguém! Mas nunca deu certo. Hoje em dia eu vou monitorando, e na hora H fecho a boca. Dizem até que faz bem pra pele... Melhor que botox... Tudo esticado! *(Grita:)* Ô Japa, por que vocês dão tanta importância se a gente vai engolir ou cuspir? Quando a gente cospe, não é rejeição! Você acha mesmo que é gostoso? Não é não. É gosmento, pô!

# CENA 11

*(RUÍNA DA IGREJA – TARDE. Irado.)*

**HAROLDO**

Nunca entendi por que as pessoas acham a morte algo tão escandaloso. Tenho certeza que, agora mesmo, tem alguém escrevendo isso tudo que eu tô dizendo pra um romance ou uma série de TV. Nenhuma dessas palavras é minha de verdade. E, como eu sei que depois da minha morte, ninguém mais vai lembrar de mim, eu resolvi escrever a minha história e deixar tudo registrado. Até essa cena eu escrevi: "Completamente mergulhado em mim, caminho pela noite sob a Ponte da cidade, subo a balaustrada, sinto o frio vento do sul, vejo pela última vez as luzes da cidade e lanço-me ao destino fatal. Desde menino, sabia que esse seria o fim desta história." Achei a linguagem meio dura, formal... Bem, o que importa é o registro, né? Mas pode dar uma melhorada... *(Tira papéis amassados do bolso e uma caneta. Senta-se a escrever.)* Como é que eu vou saber de onde está vindo o vento? Vento sul? Melhor "uma brisa silenciosa..." Sim! Assim fica bem melhor. É muito mais fácil morrer do que viver. Muito mais fácil morrer! Muito mais fácil. Vamos lá! *(Levanta-se e fica em pé na balaustrada.)* Você vai conseguir. É tão fácil... Dá um impulso pra frente e pronto: tudo terminado. Até Getúlio Vargas conseguiu, e de cara. Isso é que é coragem. Getúlio meteu o balaço de cara limpa... Admiro ele por isso, de verdade. "Saio da vida, pra entrar para a história!" E eu: "Saio da vida, e saio da história também!" Os suicidas são heróis! O problema é que só Chico Xavier pra contar a história deles! Coitado! Já foi, também.

# CENA 12

*(DO ALTO DA PONTE – NOITE.)*

## CHARLES

Eu deveria ter morrido cedo. Agora eu tenho uma vida... E faço o quê, com ela? Nunca soube a medida exata das coisas... Nem aproximada. Ou eu me excedia, ou ficava sempre faltando. É ruim demais quando fica sobrando ou faltando sentimento. Alguém sempre sofre! É tão ridículo amar mais que o outro. E o pior: amar menos do que é amado. Eu fui amado, ou acho que fui amado. Saber o que o outro sente parece impossível. Mas de algum lugar vem a sensação de que a gente sabe, e no fundo a gente sabe, ou pensa que sabe, acredita no saber e vive. Não é possível que, desta vez, eu não tenha coragem. Eu tenho certeza de que, se eu me matar hoje, as pessoas vão me amar mais. Com certeza que vão. Com que cara eu vou ligar mais uma vez pra funerária pra dizer que não morri? Da última vez a secretária viu meu número e atendeu o telefone sorrindo e dizendo: "Alô, é do além?" Nem a secretária da agência funerária, que eu pago pra montar o meu enterro, acredita mais em mim. Mas, se eu morrer desta vez, talvez ela sofra, até tenha pena de mim. Ela com certeza não vai achar normal que um homem da minha idade tenha se matado. Talvez o meu corpo todo esfacelado no asfalto cause alguma estranheza, até nojo. Eu não me importo. Talvez a minha cabeça estoure de uma vez, e o meu cérebro se parta também em bandas que nunca mais vão se unir. E os meus ossos rachem sem nenhuma simetria, os pedaços furem a minha carne, a minha pele, e virem pontas cortantes de ossos expostos.

Só não quero ficar com uma expressão de medo. Não quero que pensem que foi um acidente, ou que tive medo na hora da queda. Faço questão de que todo mundo saiba que morri por uma escolha minha. Uma decisão mesmo, uma coisa pensada e para a qual me preparei a vida toda. Que sentido vai ter tudo isso que eu vivi se, no final, acharem que eu caí por acidente, ou que alguém me empurrou? É porque é perfeitamente plausível que uma pessoa normal, como eu, tenha sido vítima de um assalto, ou de uma tentativa de sequestro. E que eu tenha resistido à investida do bandido, e que ele tenha me jogado da ponte. Seria o fim! Se pensarem isso, é capaz de rirem de mim, dizerem que uma vida patética que nem a minha só poderia terminar assim: empurrado de uma ponte. Não! Isso de jeito nenhum. Posso deixar uma carta! *(Tira um papel e um caneta do bolso e escreve.)* "Tô morrendo, porque eu quero. Ninguém me empurrou. Apenas não quero mais essa vida. Tive a coragem, subi nesta ponte e adeus!" Pronto. Agora deixo aqui no meu bolso. A primeira coisa que vão pensar é que estou com AIDS. Tenho certeza. Ou que estou arruinado, ou que... enfim! Vão pensar qualquer coisa boba e pela qual só um imbecil se mataria. De jeito nenhum eu me mataria se tivesse AIDS. Se eu tivesse o vírus, seria um sentido para estar vivo... Para lutar por estar vivo. Uma causa, algo mobilizador. Eu tentei, fiz de tudo pra contrair um vírus desses... Peguei uma gonorreia leve, e só. Durante muito tempo, eu tive inveja de Cazuza. Que morte linda! Aquele, sim, soube morrer!

# CENA 13

*(ACAPULCO DRINKS – TARDE.)*

**SHEILA**

Eu queria estar aqui neste bar em sei-lá-onde com um amigo... Eu sempre vou a bares... E sempre quero ter amigos... Eu, meus amigos, e ele... quando ele vem. Eu, ele e meu amigo Sr. Léo, acho que era esse o nome dele, ou eu batizei. E eu gostaria de ver alguém dançando qualquer ritmo, um tema ou um samba-enredo... "Sr. Léo, me peça pra dançar..." E eu danço e todo mundo acredita. E alguém vai pensar: "Como ela é bonita! Tem os olhos completamente vazios, sorri sempre, como resposta para tudo, e é assim todo o tempo."

Eu me pareço com uma dançarina... coreografando Raul Seixas: dois passinhos para cá e dois para lá. Eu gostaria que Raul Seixas fosse mais alegre! "Sr. Léo, me passe esse conhaque." Talvez até Sr. Léo conseguisse pintar um quadro de alguém feliz, um quadro meu com ele num bar. Eu gostaria de ser bonita. Todo mundo ama o que é belo. "Vamos fazer alguma coisa, Sr.Léo, vamos criar uma nova onda. Vamos ser eternos nos livros de História, de história da arte, da poesia, da pintura e..." Por favor, outra dose de conhaque!

Eu nunca vi um quadro de Picasso mas o admiro profundamente, e sei que é imortal. Eu nunca usei *jeans* em toda a minha vida e tô aqui dançando Raul Seixas coreografado, e o Sr. Léo acredita que eu acredito na dança. Oh! Sr. Léo! Quais são os quatro animais que uma mulher precisa para ser feliz na vida? Um Jaguar na garagem, um *vison* no pescoço, uma cobra na cama e um burro para pagar as contas. Essa é boa, não é? Eu gostaria de ser James Dean, eu gostaria de ser o Jim Morrison ou o John Lennon... jovem! Ele já deveria ter morrido. Velho, ele ficou muito chato. Mas foda-se... Fodam-se todos eles, porque cada um de nós ama cada um deles e... "Será que alguém me ama, Sr. Léo?"

Ei, companheiros, eu acho que vi Leila Diniz. Eu acho. Ei, é Leila Diniz! É ela! Decididamente, Leila Diniz! Japa, me passe essa garrafa de conhaque pra ver se eu consigo me afogar, ou ver o outro lado da vida. Vamos ser alguém, não quero viver sozinha, quero me casar com Sr. Léo dia 18 de agosto. E eu nunca falei com Michelangelo, mas, se eu o tivesse encontrado quando eu era apenas uma criança, eu teria comprado um contrabaixo cor de vinho. Vinho: essa é a cor que eu mais amo. "Por que todo mundo ama Michelangelo e ele nunca está sozinho?" Neste lugar, há belas visões para Michelangelo pintar, e eu preciso ter muita fé. "A fé remove montanhas, Sr. Léo". A dançarina está um pouco alta. Ela está apaixonada por alguém, mas sorri pra todo mundo, e todo mundo ama aquela dançarina, e ela nunca está sozinha. Ela, eu acho, deve ter muita fé. Meu problema é a falta... A falta de fé, a falta de fé... A falta dele! E é por isso que eu estou aqui, e é por isso que eu bebo. Sr. Léo sabe do que eu preciso. Eu ando num abismo existencial, eu ando precisando de amigos... E vocês são meus amigos, não são? Eu ando precisando de botas novas e de escovas de dentes, e acho que de um cachorro bem grande.

Por favor, Dona Moça, faça alguma coisa por mim, nem que seja uma dose de vodca! Eu ganho uma dose de vodca e... Ei, olha só quem está ali: uau, é Leila Diniz, decididamente é ela! É! Ei, caras! Leila Diniz, a própria! Ali na porta azul é Leila Diniz. A verdade é que eu gostaria de tocar uma música num grupo de rock e acreditar em amigos, namoradas e família, como uma receita de almanaque

"Mas o que anda errado, Sr. Léo? Vamos fazer alguma coisa certa, vamos fazer algo realmente útil". Todo mundo ainda fala em Elvis Presley, mas eu gostaria que ele tivesse sido menos saudável e menos tolo. Ainda assim, todo mundo ama Elvis Presley. E ele nunca andou sozinho. E aqui estou eu, passeando em uma luz de mercúrio branco, sem encontrar a minha moça, passando dias e dias neste eclipse. Minha vida é uma grande ronda, uma ronda boêmia, contabilizando corujas de flores. Encare isto: você não foi, seu inverno desembocou num eterno outono. Oh, cara, você é um fodido apaixonado! Eu me sinto acampado numa nuvem branca de néon azul e estrelas azuis... dentes amarelos e muitas unhas quebradas. Eu achei um foto sua... Ana... e ela sequestrou meu mundo esta noite para um lugar no passado, do qual nós já fomos expulsos há muito tempo! Agora estou eu aqui com uma foto sua na mão e de volta ao trem, de volta à quadrilha de assassinos. É uma circunstância além de nosso controle, o telefone, a TV e as notícias do mundo entraram na gente como um pombo do inferno, como uma fotografia, e nos colocam de volta no trem do tempo, de volta à quadrilha dos assassinos. Eu encontrei uma foto sua... aqueles foram os dias mais felizes de minha vida, como uma pausa na batalha. Foi o seu papel na vida miserável de um coração solitário, agora nós estamos de volta ao trem, de volta à quadrilha dos assassinos.

# CENA 14

*(DO ALTO DA PONTE – NOITE. Charles está prestes a se jogar da ponte. Sheila entra usando um vestido discreto, cabelo preso e a mesma bolsa vermelha. Olha fixamente para Charles.)*

**SHEILA**

Vamos pra casa... Filho! *(Charles se assusta, mas não tem coragem de olhar para trás. Fica imóvel.)*

# CENA 15

*(NA RUÍNA DA IGREJA – NOITE. Haroldo está em pé.)*

**HAROLDO**

Eu o beijaria... na boca!

*(Haroldo desaba num choro raivoso.)*

# CENA FINAL

*(NA RUÍNA DA IGREJA E ALTO DA PONTE – NOITE. Duas cenas iluminadas: Charles na ponte, observado por Sheila; Haroldo chorando. Blackout final.)*

FIM

Esta obra foi produzida em Arno Pro Light 13 e impressa na Gráfica PSI em São Paulo em junho de 2021.